流年

在城市中掙扎沉浮，體會著痛

楊遙——著

曾經，他看她鼻子上的雀斑都像天上的星星。
歲月流年，那些星子成了豆子，
不再閃亮，又惹眼得很。

目錄

自序——在鄉村和城市的時光縫隙中奔走

《流年》和《村逝》是我近幾年中短篇小說的兩部選集，《流年》關於城市，《村逝》立足鄉村，兩部小說集沒有多大關聯，但它們有一個共同的母親。假如你拿到《流年》，又恰對它感興趣的話，不妨再找來《村逝》看看，反之亦然。

當編完這兩本書時，我驚訝地發現，《流年》集中首篇〈流年〉是寫年輕公務員從縣城到城市的歷程，尾篇〈遍地太陽〉卻是中年下崗職工從城市到農村的步履，而《村逝》集中的〈村逝〉則是表達傳統意義上的鄉村已經一步步消失。這與我的生活奇怪地合拍。年輕的時候，羨慕城市裡的生活，好多年都在努力進城；中年的時候終於到了城市，卻時不時懷念鄉村，每逢節假日急急忙忙訂車票，返回老家探望父親、兄弟，以及一大幫還在那塊土地上生活的親人和朋友，但鄉村已經不是我生活過的鄉村。

這麼多年，身體和文字一直奔走在鄉村與城市的時光縫隙之間。

大學畢業後那幾年，我在滹沱河畔的村子裡當老師。

還是2003年，一冬天沒有下雪，立春之後卻下了一大場。雪從頭天下午紛紛揚揚下起，晚上也沒有停，第二天早上5點多起床去學校上早自習，發覺外面白茫茫的，比平時亮。推著自行車出了門，雪有半腿深，巷子裡沒有人影，也沒有任何人和動物活動過的痕跡，只有白。我有些自怨自艾，想這麼早誰會騎著自行車出門？忽然聽到一對新婚農民夫婦的聲音，婦人滿足後發出銳利的叫聲，在寂靜的早晨特別響亮。它像寺廟裡的暮鼓一樣，我眼前許多的門關上了；然而也像晨鐘一樣，同時推開一扇窗戶。我知道自己選擇的路和別人不一樣。

2008年到2011年，我在離家鄉不到100公里的市裡借調，為了好好表現，早日調過去，每個星期五趕最後一趟大巴回家。有幾個星期五連續有事情，每次忙完急匆匆趕往汽車站時，最後一班車已經走了。這時妻子經常打電話過來，問我坐上車沒有，我回答沒車了，電話那頭4歲的女兒就哇地哭了。每個星期一早上，5點多起床，要趕最早的大巴去市裡上班。孩子從前一天晚上就緊緊摟住我的手臂。到了早上，我輕輕撥開她暖呼呼的手臂，往汽車站趕。冬日的早晨，寒風呼嘯，人們都還在夢鄉中，路上只能見到清潔工在昏黃的路燈下掃馬路。新年之前，妻子騙女兒我要早一天回來，女兒一整天等著，晚上我還沒有回去，她又哭了。很晚我才回了家，女兒帶著淚睡著了，手心裡握著幼兒園給她發的一顆糖和幾瓣橘子。第二年，有一位朋友也借調到市裡，他有一輛車，拉上我兩人結伴走。我們車輪一樣旋轉，每週至少熬一個通宵加班，卻調不過去，周圍一些因為有關係的人一個一個調了進來，兩人都特別有情緒。有個星期一早上從家裡出來之後，兩人在路上邊走邊罵，車走了好久都沒有到市裡，看路標，原來光顧生氣，到了高速路出口居然沒有注意，超過去了。我們兩人商量著，乾脆別去上班了，直接開上車到省城去，找另一位朋友。但結果卻是到了下一個高速路出口返回上班的路。這多像小說呀！然而裡面的現實是生活，想像才是小說。後來我以這段經歷為背景，寫了許多篇小說，〈流年〉和〈薩達姆被抓住了嗎〉就是其中兩篇。

2011年9月，我終於調到了省城，家安頓住之後，路上跑得少了，每逢節假日回老家，基本選擇坐綠皮火車。

公里的路程，需要坐4個多小時，途經每一個村落的小站都要停。在這列車上，車廂裡一般人都很多，許多人經常連坐票也買不到，多見的是沿線村落裡的農民、帶著尼龍袋子進貨的小商販、行李放在油漆桶中的打工小夥子、眉毛做得又粗又直的鄉下姑娘、穿著校服戴著眼鏡的學生、拿著裝病歷袋子的老人……這些人大多講著各自的方言俚語，生活經歷也各自不同，坐在他們中間，我彷彿回到了從前。

中秋節回老家後，回城時為了避免擁擠，我買好了提前一天走的火車票。沒想到那天那麼多人趕車。我在候車室遇到了一位兒時的夥伴，他拖著一個很大的行李箱，打算去我所在的城市趕廟會。這位朋友性子火暴，從小愛打架，還坐過幾年牢。從牢裡出來之後，就開始做套圈圈的生意。我不知道他碩大的行李箱裡裝的是毛絨玩具，還是石膏雕塑，或者是些菸酒之類的玩意兒。和他同行的是他老婆。

我們有一句沒一句閒聊著，我知道他沒有買上坐票。快要檢票的時候，又來了位我們村坐火車的人，這位朋友馬上讓他老婆回去，說來的這個人可以幫他把行李箱弄上火車。我們兩個待的這段時間，他自始至終都沒有說過一句要我幫忙的話，我還一直以為他老婆要和他一起走。我告訴他上了火車可以和我一起擠擠，我們一家三口買了三張票。朋友說，你坐你的去吧，我和你現在說不到一起。

在城市裡，出行我一般步走或坐公車。坐公車有時免不了跑幾步趕車，但是每當看到身體臃腫的中年男女奔跑著，追趕即將離站的公車，心裡就有些淡淡的悲傷，彷彿看見了自己的影子。一次讀關於梁漱溟的文章，裡面寫到這麼一段故事。伍庸伯走了20多里路趕火車，快到車站時火車已到站，本來跑步能夠趕上，可是伍庸伯繼續保持原來不疾不徐的速度，等他到了車站，火車開走了，他又步行20多里路返回去。讀到這裡，我頓時覺得公車是可以不追趕的，但自己卻沒有那份定力，遇到車要走時，還是追趕。

最為遺憾的是，這麼些年一直沒有大塊兒的創作時間，本職工作和寫作無關，甚至還干擾得很厲害。也遇到過幾位領導告誡我不要寫小說了，好好幹本職工作。寫起小說來，偷偷摸摸，急急忙忙，既怕被周圍的人發現，也唯恐被什麼事情打斷。這麼些年，寫的大多是短篇，即使這樣，也是經常有了好的想法卻沒有時間實施，或者寫了一半，狀態正好時，卻不得不去忙活什麼事情。常常想起卡夫卡《獵人格拉胡斯》中的一段話：「我一直在運動著。每當我使出最大的勁來，眼看快爬到頂點，天國的大門已向我閃閃發光時，我又在我那破舊的船上甦醒過來，發現自己仍舊在世上某一條荒涼的河流上。」但是生活中有無數我這樣的人，每天忙得死去活來，就像赫拉巴爾在《我為什麼寫作》中談道：「在波爾迪鋼鐵廠我明白了一個道理，只有理解別人，才能理解自己。跟我在一起幹活兒的還有其他人，他們的命運比我更加艱難，然而他們卻一聲不吭。」無數次比較卡夫卡和喬伊斯，他們的性格截然不同，但都站到了文學的巔峰之上。我沒有能力，也不是那種能使自己與世俗生活完全割裂開的性格，便唯有勤奮些。記得借調的時候經常加班寫材料，有時半夜兩點鐘才睡，早上五點半鬧鐘響起來的時候困得要命，心裡告誡自己，什麼也沒有還想偷懶，便趕緊爬起來，用涼水抹把臉，開始寫小說。有段時間大概太累，早上起來枕頭上經常有鼻血。每個週末回了家，也是伏在電腦上寫東西，很少陪家裡人。有一天女兒說：「爸爸，我希望你回來後家裡就停電。」我問為什麼，女兒回答：「那樣你就不寫東西了，能陪我玩。」我不知道自己是不是在用生命寫作，卻特別理解那些為了寫作拋棄一切的人，哪怕他們早早離開人世，但只要留下足夠好的作品，已經足夠了。對於一個人，他們真正活過。

幸運的是，這麼多年一步步走過來，理解支持我寫作的老師和朋友越來越多，他們像光一樣，摸不著，但無處不在。我在堅持寫短篇小說的同時，寫的中篇小說也多起來，不知不覺發表了 130 多篇。其中大多數作品創作時信心滿滿，寫完之後得意揚揚，覺得自己完成了一部了不起的作品，可是過不了多長時間，就開始懷疑、惶恐起來，便想趕緊再寫下一篇證明自己。在我懷疑自己的時候，這些可敬的老師和朋友們給予了我非常多的肯定，使我這塊稱不上璞玉的頑石從一堆石頭裡顯示出來，變得越來越有了些亮光。

其中一位我非常信賴的朋友，他的眼光十分好，在好多公眾場合給過我無私的褒獎。私下裡聊天，談到我小說存在的問題時，他覺得我的小說經常不朝一個方向努力，把力量削弱了，希望我能嘗試去寫些一竿子扎到底的小說。我對他的意見非常重視，常常想怎樣寫出這樣一篇小說。2015 年月底，我讀到了 A · 雅莫林斯基的《契訶夫評傳》，他裡面有段話這樣評論契訶夫：「最有特色的小說缺乏純粹的敘事方面的興趣，有的小說沒頭沒尾，有的小說有一種靜止的性質，故事進行得慢，跟舞步一樣。那些小說不但不朝一個固定的結局活動，往往溜出正軌，或者故事還沒到高潮就逐步退下來。不過它們還是能夠用驚人的方法抓緊讀者的想像力。正因為不要捏造，不布疑陣，不耍聰明，原本鬆弛的地方並不故意拉緊，原本粗糙的地方也不故意削平，故事的進行適可而止的緣故，那些小說具有使讀者身臨其境的力量。」我大為興奮，我的那些「缺點」契訶夫都有，他所達到的那種自然，是我一直努力追求的，而那時我差不多已經認為契訶夫是人類歷史上最偉大的短篇小說大師。文章還有一段話也頗適合我：「出身卑微，從小經人教誨，尊敬權勢，服從權力，感覺自己渺小，怎樣把奴隸的血從自己身上一點一滴地擠出去。」怎樣把奴隸的血從自己身上一點一滴地擠出去，正努力在做。

生活還在繼續，寫作也在繼續，引用契訶夫獲得「普希金文學獎」之後給朋友的信裡的一段話作為這段文字的結尾：「我的文學活動還沒有真正開始，不過是個學徒罷了，或者連學徒也不如，得從頭做起、從頭學習才行。要是今後花40年的工夫看書用功，那麼學成之後或許會朝讀者發出一個砲彈去，弄得天空也震動。」

是為序。

楊遙

流年

1

你知道王菲嗎？

就是那個與竇唯、謝霆鋒、李亞鵬三個男人都有故事，聲音清亮、出塵的王菲。

凌雲飛知道王菲是在王家衛的《重慶森林》裡。王菲飾演的雜食店店員阿菲一心嚮往著加州明媚的陽光。她愛上了梁朝偉飾演的失戀警察663，經過努力使663在她這裡找到新的感情歸宿，兩人相約晚上在加州見面，當阿菲坐上大飛機真的飛往加利福尼亞時，663卻去了「加州」酒吧等她。

那時，凌雲飛在北方一座城市借調。總是布滿霧霾像灌了鉛似的灰色天空，面孔呆滯身著藍色、黑色衣服的灰色人群，水泥堆起來的灰色市政大樓，磨得沒有光澤的灰色臺階上布滿了黃色和綠色的痰痕，充滿他的視野。他覺得生命一片黯淡。

D縣到雲城幾十公里的距離，在凌雲飛看來，幾乎是世上最長的距離，幾年了，他還是個借調人員。加利福尼亞那麼遠的地方，小店員阿菲怎麼敢去，還真的去了呢？

凌雲飛羡慕阿菲對生活的這種勇氣，他經常把影片定格在叫阿菲的王菲身上，想像加利福尼亞的陽光是怎樣的燦爛，然後喜歡上了王菲。

他開始收藏關於王菲的影片。雲城的每家CD店成了他的好去處。每次當他站在幾個留著披肩直髮、聲音清脆的年輕學生中間翻撿CD時，透過塑膠殼子，看見襯在盒子裡面王菲明豔的照片，總有種意外的欣喜。他把能找到的王菲演唱會和專輯的CD都買下。在那些灰暗的日子裡，每當聽起王菲的歌，他就能想起加利福尼亞的陽光，心情暫時明朗一下。

臨近舊曆的年底，照例是單位進人的時候。凌雲飛的單位也進了人，與上年、上上年一樣，不是他。

每年這個時候單位去下邊考核工作，這年也不例外。

凌雲飛隨著帶隊的李副局長一行去了K縣。晚飯後當地對口單位的領導帶他們去唱歌。黑色的小轎車駛出縣城，在黑夜中穿過一架鐵路地下橋，正好有列火車駛過，咔嗒咔嗒的聲音像放大的鐘錶指針的跳動。穿過橋，遠方有了燈火，被更大的黑暗包圍著。

進了 KTV 包廂，凌雲飛忽然發現當地陪同人員中多了位瘦瘦的姑娘，嘴巴塗得鮮紅。吃飯的時候，她並沒有出現。當地領導介紹說：「小倩，大學生村官，借到縣裡幫忙的。」姑娘衝他們一笑，露出雪白而整齊的牙齒，她說：「我叫小倩，歡迎領導們來視察指導工作。」說完之後，她鞠了個躬，露出一截雪白的脖頸。坐座位時，縣裡的領導讓凌雲飛他們往中間坐。凌雲飛在領導們推讓時，藉口上洗手間。出來後，發現大家已經坐好。李局長坐正中間，縣裡的領導坐旁邊，兩邊簇擁著其他人，小倩坐在門口位置上。凌雲飛不動聲色坐在了她旁邊。小倩欠欠屁股，把他往裡讓。凌雲飛坐在門口倒數第二個位置上。

姑娘瘦小、扁平，像發育不良的高中生，鼻子上有幾顆雀斑若隱若現，一笑就凸顯出來。她大概不知道自己這個小毛病，自顧自不停地笑。LED 光纖燈關了，閃燈照在人們臉上忽明忽暗，姑娘好像有些緊張，縮了縮身子。燈光閃到她臉上的時候，凌雲飛首先看到的就是她鮮紅的嘴唇。

先是凌雲飛單位李局唱，唱完科長唱，副科長唱……輪到凌雲飛時，他說：「不會唱，一唱歌嗓子就發癢。」對方繼續讓，凌雲飛堅持說不會唱。幾番過後，地方領導拿起話筒。他們唱的是《縴夫的愛》、《敖包相會》、《小白楊》……凌雲飛吃飯時喝了幾杯酒，聽得昏昏欲睡。忽然，聽見有個聲音說：「小倩來一首。」「我唱首王菲的《紅豆》。」是那個瘦瘦弱弱的村官。凌雲飛縮縮身子，努力把自己陷到兩張沙發中間的那道縫隙中。他想誰願意表演讓誰表演吧。

「還沒好好地感受，雪花綻放的氣候」一種空靈出塵的聲音忽然在包間裡飄蕩起來，包廂裡渾濁的酒味頓時好像減少了，有了些雪花清冽的味道。凌雲飛不相信自己的耳朵，探起身子，看見瘦姑娘面朝螢幕，正閉著眼睛，深情地唱。當她唱到第一節中的「有時候，有時候」時，凌雲飛有些擔心，害怕下一句「我會相信一切有盡頭」中的「一切」她唱不好。沒想到姑娘唱到這兒時，聲音穩穩地降了下去，飄渺但非常清晰。那一剎那，凌雲飛感覺自己的半輩子完全袒露在姑娘面前了，他吃驚地坐起來，挺直腰，定定地望著姑娘。她唱得很投入，唱得幾乎和王菲一模一樣，尤其是唱到「寧願選擇留戀不放手」、「等到風景都看透」這幾句時，凌雲飛感覺加州明媚、溫暖的陽光大片照了過來。

一曲唱完之後，掌聲象徵性地響了幾下，不如剛才那幾位唱過時熱烈。凌雲飛不知哪股勁兒來了，他大聲喊：「好！再來一首。」

他幾乎從來沒有這樣大聲說過話，尤其在領導面前。

但那天，淩雲飛管不住自己了。他喊完之後，隱隱約約有些後悔，但同時有了一種痛快的感覺。他望望姑娘，感覺她站在那裡好像對自己笑了一下，他又脫口而出：「再來一首！」旁邊竟有人附和，他心裡暗喜。姑娘就又開始唱。

淩雲飛抓起酒瓶去敬酒。

那一晚，淩雲飛不知道自己喝了多少酒。每次姑娘唱完，他就拿起酒瓶跑去敬領導們酒，好騰出話筒來讓姑娘繼續唱歌。姑娘大概唱了五六首，清一色王菲的歌。淩雲飛感覺神奇極了，在這麼個破地方，這麼平常的女孩，居然能把王菲的歌唱這麼好。女孩把話筒交出去後，淩雲飛端著酒杯又坐在她身邊。那麼自然，連他自己也覺得奇怪。他把自己的手機、電話等連繫方式都告訴了她。姑娘姓聶，喜歡唱歌，上了一個地方大學的音樂系，畢業之後連工作也找不下，只好考了村官。聶小倩說這些時，不時停下來笑笑，像想起了什麼好玩的事情。

姑娘的生活簡直是淩雲飛的翻版，他講起《重慶森林》裡的阿菲，聶小倩馬上接起話來，她也很喜歡王菲扮演的這個角色。他們兩個一替一句講裡面的細節，都覺得當阿菲坐上大飛機真的飛往加利福尼亞時，663 卻去了「加州」酒吧等她這個情節好玩。說到加利福尼亞，凌雲飛覺得小倩臉上的雀斑亮了幾亮。

第二天，凌雲飛起個大早，走了半條街道，找到家音像店，沒有開門。凌雲飛狠命敲門，半晌，旁邊出來個人說：「裡面沒人。」凌雲飛問：「老闆哪兒住著？」那人打個哈欠，掏出手機撥電話。凌雲飛等了十幾分鐘，老闆才來。他買了能找到的所有與王菲有關的影片。

吃完早飯，要離開K縣的時候，送行的人裡面沒有聶小倩。凌雲飛心裡很失落，隨後馬上就想開了，這種場合，像吃飯一樣，哪能輪到幫忙人員聶小倩出現呢？給聶小倩買的東西沒有送出去。

按照日程安排，凌雲飛他們還得去另外三個縣。凌雲飛走到哪裡，總是想起聶小倩。他期望聶小倩突然給他打個電話，哪怕發個簡訊也好，卻一點兒消息也沒有。他覺得自己有點好笑，他只是微不足道的借調人員，能幫她什麼忙？他想自己要是市級單位的正式工作人員就好了。他順著這個思路想半天，不願從裡面出來。

三天時間，凌雲飛心不在焉。

每到一處，縣裡都會送他們資料和土特產。每個人的包裡塞得滿滿的，小車的後備廂快裝滿了。大家為了拿土特產，悄悄把些不重要的資料留在了賓館。凌雲飛帶著準備送給聶小倩的東西，是個累贅，主要是心裡累。到了那個以養羊出名的山區縣，縣裡要送他們每人一條羊毛毯。每個人又把自己的東西檢查一遍，能不要的通通不要。車裡坐人的每個縫隙都塞滿了東西。好像找到了一個結實的理由，凌雲飛拿出王菲的那些影片，找到郵局，給聶小倩寄了過去。

回到市裡，因為是年底，工作特別多。凌雲飛忙得不可開交，對聶小倩的幻想慢慢就淡了。

凌雲飛偶爾抬頭望見外面灰色的天空，還會想起那個夜晚。這個時候，他有點後悔當時的衝動，想自己要是沒有給聶小倩寄東西就好了，留下的都是美好的回憶，寄唱片真是畫蛇添足的一招。

又一年開始了，凌雲飛還像以前那樣忙碌，聶小倩的事漸漸淡忘了，凌雲飛偶爾想起那次唱歌，自嘲地笑笑。

聶小倩儘管不漂亮，又是個幫忙的村官，但畢竟是個女的，歌又唱得好，也算稀缺資源吧？

凌雲飛忽然收到掛號信那天，是星期一。院子裡的柳樹綠了，草坪上一簇簇小草拱起土皮，也泛出了綠意。

信封裡面夾著張碟，他一摸就知道了。地址是K縣。

凌雲飛的心跳了起來，他知道聶小倩收到自己寄的碟了，這是她回的一樣東西。他猜測這也是王菲的一張碟，內容是什麼？想了半天，在紙上寫了那天沒有買到的王菲幾張專輯的名字。

打開信封，裡面只有一張銀白色的原始影片，其他什麼也沒有。他又掏又抖，真的一個紙條也沒有。影片嶄新，光光的碟面映出了凌雲飛的面孔。他看著這張空白影片，看著影片上自己模模糊糊的臉，心裡有點失望。有人叫他辦事，他就把影片往抽屜裡一塞，事後竟然忘了。

週五午飯後，凌雲飛拉開抽屜找東西，又看到了這張影片。他把這張碟塞進電腦。電腦吃吃地響了一會兒，突然冒出王菲的歌。他趕緊關掉聲音，然後插上耳機，再把聲音打開。裡面是王菲的歌，但是都是聶小倩唱的。凌雲飛激動起來，身體微微地發抖。他一邊聽，一邊迅速做出一個決定。

他跑到汽車站，訂了到K縣的車票。

最後一趟車是下午四點鐘，以往這個點兒凌雲飛還在上班，現在不管了。買好票，返回單位，凌雲飛坐在辦公桌前，拿起書，根本讀不進去。於是拿起一張舊報紙，不小心撕爛了，於是他把撕爛的舊報紙一塊塊撕成碎片，又把碎片慢慢拼湊起來。好不容易熬到快三點鐘，聽到樓道裡有了來上班的人的腳步聲，他關了手機，跑向汽車站。

汽車駛出市區後，密集的樓群和車輛不見了，大群的麻雀為了躲避車輛一起飛起，又一起落下。空曠的田野裡，農民在拾玉米茬子，犁過的地平整得一眼能望到山邊。山還沒有返青，一叢叢聳立著，山脈隱隱。

過了三岔，出現許多拉煤的大車，時不時把路堵住。

凌雲飛把手心搓得發白，計算著時間，把這認成是對自己的考驗。

到了K縣，已經晚上九點多。北方的初春，和冬天一樣冷和黑，整個縣城漏著幾點燈光，汽車站旁有幾家小飯館開著門，老闆一家人邊吃飯邊看電視。凌雲飛走過去之後，便聽見落門板的聲音。

凌雲飛憑著記憶，尋找上次住的賓館，有細小的雪沫子落下來。放下東西，他躺到床上給聶小倩打電話，撥了幾個號碼又停下，站起來走到窗前，拉開窗簾，看著外面，站了一分鐘，他才又開始撥手機。電話響了五聲，他打算掛掉時，有人接起來。

「聶小倩嗎？我是凌雲飛。」凌雲飛因為緊張，說話的聲音有些發抖。「唔！」話筒裡的聲音有些懷疑，「凌雲飛，你在哪兒？」凌雲飛說：「我在K城賓館。」「真的？」

聶小倩問，「你和誰在一起？」「就我一個人。」「……我二十分鐘過去！」對方掛了電話。

凌雲飛激動起來，他在屋子裡轉了幾圈，然後對著穿衣鏡把衣服領口、袖口弄整齊。突然發現衣服上有飯黏子，他趕忙用溼毛巾蘸著水擦掉。剛消停坐到椅子上，馬上想起什麼，飛快地脫衣服，洗澡，梳頭，刷牙，當他重新穿戴停當坐到椅子上時，才用了十分鐘時間。凌雲飛又燒了壺水，接著不住地看錶，時間還不到。壺裡的水噗噗響了，冒出熱氣。他看著水壺，有些水隨著熱氣溢了出來。

忽然，外面傳來腳步聲，走到他門口停下來了。凌雲飛屏住呼吸，躡手躡腳走到門口。從貓眼裡看到對方抬起了手，趁敲門聲還沒有響起，他猛地把門打開。聶小倩好像被氣流吸進來一樣，一下子跌到他懷裡。凌雲飛用腳碰上門，牢牢抱住她。聶小倩身上帶著寒氣，頭髮溼漉漉的，散發著洗髮水的清香，嘴巴塗得鮮紅，透過厚厚的衣服，凌雲飛感覺聶小倩的心咚咚跳得厲害，他的心也咚咚跳得厲害。

良久，凌雲飛才放開聶小倩。路上凌雲飛還千思萬想怎樣縮短和聶小倩的距離，沒想到這樣就解決了。

聶小倩羞紅著臉望著他說：「我剛才在洗頭，你打電話時。」凌雲飛說：「我以為你忘了我！」「傻貨！」聶小倩說，「我以為你瞧不起我。」凌雲飛心裡一陣暖呼呼的熱流湧過，他重複了一次聶小倩的話，「我以為你瞧不起我。」

他又要抱。聶小倩躲過，問：「收到了嗎？」凌雲飛從包裡取出那張碟，認真地說：「這是我收到過的最珍貴的禮物。」「傻貨！好聽嗎？」聶小倩笑起來。「好聽。」他說。

「還沒好好地感受，雪花綻放的氣候……」窗外下起了雪，雪花落在窗臺上靜靜的，不一會兒外面就白了，像天要亮起來。暖氣管道裡水在汩汩流動，不緊不慢。聶小倩的歌聲像從白色的世界飄進來的，凌雲飛看到了加州的陽光。

聶小倩走時，外面已經白茫茫的。凌雲飛要送，她不讓送，凌雲飛堅持要送。出了賓館院子，街上看不到人影，天和地被雪連在一起，路燈在紛紛揚揚的雪花裡顯得更暗了。

凌雲飛說：「這個世界上要是只剩下咱們兩個人多好！」「傻貨！」聶小倩忽然停住，踮起腳尖來在凌雲飛嘴唇上吻了吻，然後轉身邊跑邊朝凌雲飛擺手。凌雲飛追了兩步，見她使勁擺手，怕她摔倒，就停了下來。

他一直看著她消失，然後踩著她的腳印慢慢地往前走了一會兒。

2

從那之後，凌雲飛開始了雲城和K縣之間的頻繁奔波。為了省錢，他大多時候坐綠皮火車。車廂裡一般人都很多，有時連坐票也買不到，凌雲飛就幾個小時站著。周圍是帶著尼龍袋子進貨的小商人，行李放在油漆桶中去打工的小夥子，眉毛做得又粗又直的姑娘們，穿著校服戴著眼鏡的學生，拿著裝病歷袋子的老人們……汗酸、酒味、小孩嘔吐的酸奶在車廂裡發酵，瀰漫。有幾次凌雲飛聽到人們發牢騷，咒罵鐵路上缺德，這麼多人站著也不多加幾節車廂！有時人們還自嘲著打賭，坐這趟車的人都是沒辦法的窮鬼，自己沒錢，也尋不到地方給報銷。凌雲飛默默地聽著他們的議論，微笑著看著樹木、山岡匆匆落在後面。

凌雲飛和聶小倩經常去一家偏僻的小飯館吃麵，吃完飯之後去KTV，聶小倩一首接一首給凌雲飛唱歌，都是王菲的。凌雲飛和聶小倩像阿菲和663一樣，小心翼翼謀劃著自己的未來，沉浸其中。凌雲飛張開雙臂，繞著茶几轉圈，模仿飛機。聶小倩摟著他的腰，頭緊緊貼著他的背，長長的頭髮像鳥的羽毛一樣給凌雲飛溫暖、安全的感覺。

他們商定，只要攢夠了去加利福尼亞旅遊的錢就結婚。

凌雲飛以前每天盼年底，希望年底單位進人的時候把自己順進去，或者即使進不去也把這漫長的一年畫上句號。現在他每天盼週末，只要見到聶小倩他就感到幸福。

偶爾碰上單位加班，聶小倩便趕來雲城和凌雲飛相會。每次凌雲飛都叮囑她，火車擠，坐汽車。晚上次到出租屋，聶小倩已經做好飯等他回來，簡單的兩三樣菜，卻能驅趕走凌雲飛的疲憊和因加班帶來的煩躁。這時凌雲飛看到聶小倩鼻子上的雀斑都像閃亮的星星。

這期間，聶小倩不小心懷過一次孕。兩人商量後，一致覺得做掉好，他們沒有養孩子的條件。

兩年後，兩人攢夠了去加利福尼亞的錢。凌雲飛發愁怎樣請假，畢竟要走不算短的一段時間。老實告訴領導，顯然不合適。找個什麼樣的理由？他想了好幾個，又自己推翻。轉眼間到了週末。

凌雲飛坐在奔往K縣的列車上，一路上想理由。下車的時候，他在漆成天藍色的柵欄外一下看到了聶小倩，她跳著，朝他招手，臉上露出有些詭異的笑容。凌雲飛心裡暗下決心，不管找什麼理由，只要聶小倩確定了時間，他就馬上走。

到了經常吃飯的那個小麵館，聶小倩把一個信封塞進他手裡，「一定要帶好，不准丟了哦！」

「啥？」凌雲飛邊問邊打開信封，看到一張銀行卡。

「你收著。」聶小倩說。

「？」凌雲飛看著聶小倩。

「把你的一起取上，送給×××。」聶小倩平靜地說。

凌雲飛腦子轉不過彎兒來，「不是說好攢夠錢去加利福尼亞嗎？」他說，把卡還給聶小倩。

聶小倩歪著腦袋問：「這些年你最痛苦的事情是什麼？」

凌雲飛想了想說：「借調。」

「別人為啥能調進來？」

凌雲飛不知道她什麼意思。

聶小倩說：「不就是因為錢？咱們以前沒錢，現在有了，我不要你再受委屈了。」

凌雲飛明白了，說：「送禮？」

聶小倩點點頭。

「我不同意。好不容易攢夠錢，咱們去加利福尼亞！」

聶小倩說：「加利福尼亞只要有錢啥時都能去，借調不解決卻始終是個大問題，我不想老兩地跑。」

聽到這話凌雲飛打量著聶小倩。快夏天了，她還穿著厚夾克，是去年買的不到百元的過季產品。她的臉不像單位那些女同事那樣油光發亮，只有血紅的嘴巴使她臉上有些亮色。他想起上個星期見面時，聶小倩脫了鞋，襪子居然露出腳趾頭。凌雲飛要把它扔了，聶小倩捨不得，說補補還能穿。

凌雲飛垂下頭，艱難地咽口唾沫說：「我要是調過去，你不用上班了，好好唱歌！拜個專業的老師。」

年底，凌雲飛的工作問題終於解決了。一鼓作氣，又辦了喜事。凌雲飛和聶小倩決定在雲城的城郊接合部租房子，反正雲城也不大。聶小倩堅持要租那種農家小院裡帶炕的房子，她說有炕的房子住著舒服，冬天在鍋裡做飯就順便燒了炕，屋子裡暖和。凌雲飛本來嫌這種房子生爐子、提水、倒垃圾麻煩，但他知道聶小倩想省錢，而且睡在炕上確實舒服，便同意了。

找了幾天，他們看準一處。一對退休的老人，孩子都在外邊，老人把五間正房闢出兩間出租，大約四十平方公尺大，有鍋有灶，家具基本齊全，關鍵是有炕。唯一美中不足的是炕和灶中間沒有用牆隔開，做飯時油煙會冒得滿屋都是。讓他們高興的是，房租不貴，老兩口想留一對正經人和他們做伴。房子後面還緊挨著十幾畝梨樹林，現在雖然光禿禿的，但到了春天，必定會開滿潔白的花朵，在那裡面練歌、唱歌，不會吵到別人，還能欣賞美景。

相處幾年，他們熟悉得連每個人的腳趾頭縫兒有多寬都知道。新婚晚上，他們沒有像尋常新人那樣興奮，而是像終於堅持跑完了馬拉松似的，累得癱在床上，一動也不想動。

倆人都睜大眼睛盯著天花板，屋子裡安靜得異常。良久，聶小倩問：「這是咱們的家嗎？」「怎麼不是？」凌雲飛回答。「我怎麼聽見火車咣噹響哩？」「這兒也沒有挨著火車站，你是幻覺。」「這是幻覺？」「傻貨！」凌雲飛說。

聶小倩搗了凌雲飛一拳頭。

躺到半夜，聶小倩爬起來說：「睡不著。」凌雲飛也爬起來說：「睡不著。」聶小倩說：「咱們幹點什麼呢？」

她光著身子跳下地，抱來個盒子，把裡面的東西通通倒出來，是兩年多來兩人每次來往的汽車票、火車票。凌雲飛頓時眼圈紅了。倆人你一下我一下把這些車票按照時間順序一張張排起來，居然繞著炕圍擺了一圈。看著這些車票，凌雲飛彷彿看見一列列火車、汽車頭尾相接排在一起，奮力往前跑。

凌雲飛抬被子，忽然掀起來的風把幾張票吹到地下。

凌雲飛趕忙去找，找來找去，有一張怎樣也找不到。聶小倩也急了，幫著去找，奇怪的是她也找不到。他們按時間排起來，少了的那張，時間正好是八月的一個週末。

「王菲和竇唯分手的那天。」聶小倩說。

凌雲飛臉色變得蒼白，「瞎說什麼呢？」用勁兒把她往炕上推。

兩人也許累了，這次躺下後沒多久就睡著了。凌雲飛夢見火車鐵軌上擠滿了一列列火車，每列火車每個車廂裡都坐著自己和聶小倩，中間隔著其他密密麻麻的人，兩人離得很遠。兩人都在拚命大喊，招呼車廂裡的對方，可是對方聽不到自己的聲音。

凌雲飛被聶小倩拍醒之後，身上都是汗。聶小倩問他：「做噩夢了？」凌雲飛搖搖頭。聶小倩起床給他倒了杯白開水，看著凌雲飛喝完之後，返回床上，把手和腳緊緊插進凌雲飛身體的縫隙中。凌雲飛想起自己第一次抱聶小倩時，恨不得把她融化在自己懷裡。他又緊緊摟著她，在她耳邊輕輕說：「一定帶你到加利福尼亞去！」凌雲飛想，自己工作調過來，收入會比以前增加些，兩人不用兩地跑，又能節省些開支，用不了兩年，又能攢夠一次去加州的錢。

聶小倩說：「傻貨！」

她又跳下地去，拿來個夾子。凌雲飛打開後，發現裡面是兩張去青島的火車票。聶小倩笑吟吟地望著他說：「青島有陽光、大海，這個季節外地的遊客估計也不會多，或許就咱們兩個傻貨。」凌雲飛抱住聶小倩哭了。

度完蜜月，日子恢復正常。同樣寫材料，凌雲飛心情大不一樣，以前好像給別人打短工，現在卻是種自留地。

同事們也彷彿和他親近了，現在他們才真正成了一家人。只要不離開單位，一輩子待的時間很長，甚至比與老婆待的時間都長。凌雲飛下了班，不像以前那樣急匆匆回家。

他喜歡在單位院子裡隨處轉轉，走的時候，在東北角的椅子上再坐一小會兒。如果正好有人問路，凌雲飛會熱心地站起來給他指點。他是這個城市的主人，儘管是小城，也是城市，一個市的中心呢！凌雲飛甚至數清楚了院子裡共28種植物，池塘裡有107隻錦鯉。他想如果運氣好點，五年就可以當一個科長，十年，凌雲飛不敢想像十年之後自己會怎樣。

聶小倩聽從凌雲飛的勸告，在原單位請了假。這事不難，誰叫凌雲飛在上級部門工作呢。他和縣裡對口單位打了招呼，輕鬆得像打個呵欠就把聶小倩的假請了下來。凌雲飛說：「你好好唱歌，這麼好的環境！」

凌雲飛把聶小倩錄的碟放到電腦裡，經常裝作隨意地打開，居然好多人以為是王菲唱的。凌雲飛很得意，他憋住不說，他想假如所有的人都聽不出這不是王菲唱的，聶小倩就成功了。為了檢驗準確，只要有人進了他辦公室，他有機會就讓對方聽聽這些碟。單位二三十號人，再加上縣裡、其他單位來辦事的，沒有一人指出這不是王菲唱的。凌雲飛心裡暗暗驕傲，他想這個單位、這個大院、這座城市最優秀的人才、最大的黑馬就是聶小倩，有朝一日，人們會像喜歡王菲一樣喜歡聶小倩。

凌雲飛當然知道聶小倩光模仿王菲還不行，那樣她只會被王菲的光環緊緊罩住，最多成為王菲這顆太陽下最美麗的向日葵，自己永遠也成不了太陽。但是，事情得一步一步來。

那段日子，每天晚上凌雲飛回了家，總要興致勃勃地問聶小倩：「今天練得怎樣？」聶小倩認真地回答：「整整練了一天。」凌雲飛說：「唱給我聽聽。」聶小倩便開始唱。凌雲飛全神貫注聽著，聽完之後抱抱聶小倩，兩人才收拾東西吃飯。

吃完飯，凌雲飛經常會陪著聶小倩去屋子後面的梨園裡散步。這時，梨樹已經長出一簇一簇的花骨朵。月光下，聶小倩瘦瘦的，有種飄逸出塵的味道，彷彿要飄到月宮裡的嫦娥。每次凌雲飛一想到這裡就伸出手臂把聶小倩的腰完全攬住。聶小倩問：「幹啥？」凌雲飛回答：「怕你飛走。」「傻貨！」聶小倩扭頭朝他做個鬼臉。這樣一說，凌雲飛就放心了。

梨花盛開的時候，樹林裡更加漂亮了，經常可以看到年輕人去那裡拍婚紗照。週末，家長領著小孩子們去的更多。凌雲飛在辦公室想到聶小倩嗅著梨花的清香在練歌，心裡就覺得美美的。

3

梨花落了又開，一年過去。凌雲飛剛調進來時的滿足感沒有了，無休止的材料像海水不斷地漲潮，把他淘得乾乾淨淨，凌雲飛覺得自己像荒涼的海灘。他想起和聶小倩的那次看海。可怕的是往後的日子還是這樣。讓他不舒服的還有單位論資排輩，他雖然調進來了，資歷卻淺，前幾年好像給日本人幹了，比他年輕許多的人也對他指手畫腳。但不管心裡怎樣不舒服，只要回了家看到聶小倩，聽到王菲的歌，凌雲飛的心情便好起來。

那天和平常的一天一樣，吃完飯，凌雲飛邊換衣服邊說：「出去走走？」聶小倩一動不動地說：「累得不行，要不你去吧？」凌雲飛的動作停止了，這是他們兩人認識以來第一次有了分歧。

大概過了三秒鐘，凌雲飛說：「過幾天花就落了。」聶小倩沒有再說什麼，打起精神換衣服。

到了梨樹林聶小倩無精打采，凌雲飛問她到底怎樣了？聶小倩搖搖頭說「沒啥」，但就是悶悶不樂。因為聶小倩沒精神，凌雲飛的情緒也低落了，走了幾步，凌雲飛說：「累的話，咱們回去吧。」聶小倩聽了他的話，馬上轉身往回走。凌雲飛望著聶小倩蕭瑟的背影，情緒越來越低落，他不明白聶小倩到底怎麼了。心裡猜測著，不小心撞到梨樹上，幾朵花落下來，蔫巴巴的，花瓣已經發黃。

接下來的日子似乎和以往一樣，但凌雲飛總感覺有些不對頭。有天他回家後，發現隔壁房東屋子裡黑乎乎的。

他問：「房東呢？」「去看他們孩子了。」凌雲飛哦了一聲，覺得自己找到了原因。

聶小倩突然說：「哥，你陪陪我吧？」凌雲飛馬上渾身不自在，聶小倩稱呼他「哥」？

他問：「我不是正在陪你嗎？」聶小倩忽然流下淚來，「咱們別老談王菲，老說唱歌了，說點別的好嗎？」凌雲飛頓時愣住，「你不是喜歡王菲嗎？你不是喜歡唱歌嗎？」聶小倩搖搖頭，「我感覺很累。」這是這些天她第二次說累了。凌雲飛很吃驚，他想她是不是身體出問題了。每天待在家裡什麼也不幹，怎麼會感覺很累呢？

他握住她的手，柔聲說：「明天去醫院檢查下，看看哪裡有毛病。」聶小倩搖搖頭說：「我想找份工作。」凌雲飛急了，「工作有啥好呢？我現在最煩的就是工作，每天看見那堆文字就噁心。」聶小倩嘆口氣，不再說什麼。凌雲飛摟著她的腰，聶小倩的頭髮堆在他胸前，他沒有了往日那種溫暖、踏實的感覺。他突然有種恐懼，萬一聶小倩得了什麼病，他怎麼辦？他緊緊摟住她，打量著，聶小倩只是瘦，有些憂鬱，不像有病的樣子。

第二天晚上，凌雲飛回了家，發現聶小倩在窗戶邊呆呆坐著，面前的窗玻璃上亂七八糟畫了許多小人。他心裡一陣發緊，擠出誇張的微笑問道：「去醫院檢查了嗎？」他害怕聽到五雷轟頂的消息。

「檢查了。我有了。」聶小倩說。

足足七八秒鐘，凌雲飛才反應過來，他一陣狂喜，掀開聶小倩的衣服，把耳朵貼在她肚子上，卻什麼也沒有聽到。

「剛有了，哪能聽到什麼呢？」

「你想他大了做什麼，音樂家？」

「別說了，好不好？」聶小倩忽然煩躁起來。

凌雲飛覺得她是因為懷孕，情緒不穩定。他高興地給家裡打電話，告訴他們消息，然後手忙腳亂地做飯，把米下到鍋裡，又跑出去買回隻燒雞。

飯後，聶小倩說太累，早早躺床上。凌雲飛收拾完東西，也陪著她躺下。他們看著電視，凌雲飛的手輕輕撫摸著聶小倩的肚子，感知著這個未知的生命。那天晚上，他們破天荒沒有談論王菲，沒有談論唱歌。聶小倩的臉上浮現出了許久沒有出現的笑容。

聶小倩沒有繼續提找工作的事情，而是買回些毛線。

新毛線散發著類似汽油那樣的味兒，凌雲飛不明白為什麼會有這樣的味道。聶小倩開始給未來的孩子織衣服，冰冷纖長的毛衣針顯得她的手白皙細長。凌雲飛發覺自己從來沒有注意過聶小倩的手，她除了唱歌，幹別的怎樣呢？凌雲飛搖了搖腦袋，就像自己，假如不寫材料，幹別的工作，怎樣呢？

第二天，他找來幾本毛線編織的書，給聶小倩帶回家。

幾天時間，聶小倩織完了一件紅色的上衣，又開始織一件綠色的。她似乎沉浸在織毛衣的快樂中，好幾天沒有唱歌了。凌雲飛有些焦慮，聶小倩的長處就是唱歌，喜歡的也是唱歌，世界上沒有比用自己喜歡的技藝謀生再好的事情了。他想自己得幫幫她，不能讓她半途而廢。

透過關係，凌雲飛認識了市歌劇院的專業演員葉妮。

葉妮是北京戲劇學院的畢業生，獲過全國青年歌手大賽的金獎，在雲城這個地方，每次演出，她都會受到觀眾熱烈的追捧。坊間傳說，某位市領導對她特別青睞。凌雲飛知道他們縣有位鐵礦老闆非常喜歡葉妮，每次縣裡有活動，都請葉妮去助陣。葉妮呢？每請必到。有人說葉妮的金獎是這位老闆捧出來的，但葉妮的歌確實唱得好，人們都說她是雲城的頭牌。

凌雲飛讓聶小倩跟著葉妮學歌。他想葉妮不是雲城的頭牌嗎？聶小倩只要超過葉妮，她不就成頭牌了嗎？然後成為省城的頭牌，成為全國歌壇金字塔尖上的一位。

聶小倩第一次從葉妮那兒回來，臉紅撲撲的，手裡提著幾隻大蘋果和一束百合花。

凌雲飛問她感覺怎樣？聶小倩回答：「確實有水準，不愧是名牌大學出來的，又有實戰經驗。她唱王菲的歌不如我唱得好，但她知道怎樣更好地運氣、發聲。」聶小倩比劃著，唱了幾句。凌雲飛感覺她的聲音更純淨了，好像把以前不易發現的一些雜質過濾掉了。

可是聶小倩找過葉妮幾次之後，熱情慢慢下去了，又拿起了毛線活兒。凌雲飛問原因，聶小倩不說。他再問，聶小倩就急了。凌雲飛擔心她肚裡的孩子，不再追問，心裡卻暗暗著急。

聶小倩的肚子慢慢現出了輪廓，她的身子瘦，肚子一大像上面頂了口鍋。凌雲飛猜測裡面是男孩還是姑娘，不管男孩還是姑娘，他希望將來比他們強。

秋天的時候，《星光大道》要來雲城演出了。凌雲飛他們單位作為承辦者之一，變得異常忙碌起來。他們在賓館包了房間，連續幾天加班到深夜。領導講話已經修改了十八稿，還在繼續改。開會前一天晚上的兩點鐘，稿子終於定下來了。領導為了犒勞他們，每人多給了他們一張票。凌雲飛拿著兩張票夜宵也顧不上吃，興高采烈回了家。聶小倩在織東西。

凌雲飛問：「怎麼還沒睡？」聶小倩揉揉眼睛，打了個哈欠。凌雲飛興高采烈掏出票，

「看！」聶小倩接過來看了看，隨手放在桌子上。凌雲飛對聶小倩的隨意感到不滿，解釋說：「《星光大道》有現場互動，這或許是你的一個出頭機會呢？」聶小倩合上毛衣針，說：「我不想當明星。」

凌雲飛被噎了一下。他本來還想讓聶小倩幫他熱幾口飯，也沒興致了，就腳也沒洗，爬上床獨自睡去。

第二天，凌雲飛擔心聶小倩不去，早早起來做了她喜歡吃的蛋羹。吃完飯他得去給領導送稿子，叮囑聶小倩早點收拾好。凌雲飛趕到會場時，整條街道車輛戒嚴了，外面圍得人山人海，警察把著門，許多人根本不可能進去。

凌雲飛慶幸自己有兩張票，座位也還湊合。

節目開始後，現場簡直沸騰了，這個城市的人還是第一次觀看《星光大道》現場表演，很激動，不停地鼓掌。

等到中央臺帶來的演員表演完，主持人畢姥爺宣布觀眾互動時，會場裡忽然有幾分安靜。凌雲飛猛地站起來，拉著聶小倩的手臂說：「她，她的歌唱得好。」

聶小倩被請上舞臺。凌雲飛看見她的頭髮梳得不是特別整齊，後面有幾根翹了起來。

褲子是舊的，屁股那兒已經磨得發光。他後悔沒有給她買件新衣服。

畢姥爺問聶小倩打算表演個什麼節目。聶小倩說唱歌。凌雲飛看見聶小倩有些緊張，他想誰第一次站在《星光大道》舞臺上能不緊張呢？他屏住呼吸期待著這個非常重要的時刻。

「小背簍徘徊悠，笑聲中媽媽把我背下了吊腳樓……」

凌雲飛慌了，聶小倩怎麼唱的不是王菲的歌呢，唱起了《小背簍》？臺下安靜了兩三秒鐘，馬上笑聲夾雜著掌聲響了起來。凌雲飛仔細看，挺著大肚子的聶小倩像倒背著個小背簍。他的頭嗡嗡響，接下來聶小倩唱的什麼他根本聽不到。直到聶小倩被畢姥爺送下舞臺，凌雲飛怒氣衝衝地問：「你為什麼不唱王菲呢？」聶小倩說：「王菲，王菲，老是王菲！宋祖英有啥不好呢？」當著周圍這麼多人，凌雲飛不好跟她吵，心裡嘆息把個好機會失去了。

回去之後，凌雲飛還在悶悶不樂。聶小倩又拿起了毛衣針。凌雲飛突然發作起來，「織，織，讓你織。」他跑出門外，一會兒買回一大袋子毛線，堆在聶小倩面前。聶小倩打開袋子，拉起一根線在手裡慢慢捻了幾下，又湊到光亮處看了半天，慢悠悠地說：「不是純毛的。」凌雲飛頓時洩了氣，一屁股坐在炕上，竟然呵的一聲笑了。

過了幾天，聶小倩忽然對凌雲飛說：「告訴你個好消息。」

凌雲飛問：「什麼好消息？」

聶小倩說：「王菲和李亞鵬離婚了。」

第二天，凌雲飛到單位打開電腦，網上鋪天蓋地都是王菲和李亞鵬離婚的消息。凌雲飛感覺心裡空空的。他找到收藏王菲歌曲、電影的那個文件夾，剛要點開《重慶森林》，領導叫他。明天要參加書畫活動，要他寫個發言稿。

凌雲飛一字一句斟酌著領導講話，修改到晚上十二點多，才定了稿。

走出單位大門，街燈的光像黃沙一樣鋪滿馬路，寂寞蕭條。凌雲飛走了好久，沒有遇見一個人。凌雲飛有種夢遊的感覺，他懷疑王菲離婚的事情到底是不是真的。他避開主道，從巷子裡走。忽然從一間酒吧裡掉出個胖大的男人，緊接著急促的高跟鞋聲音跟出來。男人在嘔吐，高跟鞋返回去，出來時端著杯水。男人嘔吐完，一把把紙杯打翻，水濺在女人臉上，她抬起頭來擦拭，凌雲飛發現高跟鞋竟然是葉妮。胸前白花花的，凹下去的溝裡，有塊碧綠的翡翠，瑩瑩閃著光。

凌雲飛打聽到市裡最好的錄音棚，錄了十幾張聶小倩的歌，分別寄給他能找到的各大音樂公司和網站。

孩子出生了，是個姑娘。沒有收到任何公司的回覆。

凌雲飛聽著孩子哇哇的哭聲，整個世界在他眼前彷彿就變成眼前這片哭聲了。很快，凌雲飛知道，目前最需要的是聶小倩充足的奶水、尿布、衛生紙、痱子粉……而不是唱歌，不是王菲。

凌雲飛給她起名叫曉曉，早點曉得事理，明白自己是普通家庭出生的小小眾生中的一位。聶小倩沒有反對。

4

聶小倩的母親來照顧她坐月子。

曉曉只會躺在床上，肚子一抽一抽哇哇大哭。聶小倩披著衣服坐在床上，身上冒著一團團熱氣，臉上洋溢著安靜、幸福的表情。老太太臉上、手上滿是老年斑，耳朵有點聾，與她說話需要大吼。凌雲飛望著三代女人，看見自己已經不可避免地在老去的路上飛奔。

他還在寫材料，這活兒不像別的崗位上的工作，有人願意接手。大家都躲得遠遠的，只要一沾上，基本擺不脫，除了提拔或調離這個單位。

單位空出個科長位置。凌雲飛和另一位同事都符合條件，兩人暗暗使勁兒。凌雲飛變得更忙了，每天不處理完手頭的事情不回家，領導辦公室的燈亮著也不回家。他還買來《新華字典》、《現代漢語》和《歷代皇帝奏章》，認真學習，力求使自己的材料寫得更加完美。每次凌雲飛拖著疲憊的身子走在回家的路上，想起孩子總有股力量。

他每天多繞二里遠的路去給聶小倩買新鮮的土雞蛋，買黃豆、豬腳給她催奶。他希望孩子長得健健康康。

滿月過去，岳母有事回K縣了。凌雲飛這邊沒人。做飯，餵孩子，洗尿片，生火，倒垃圾等等一大堆事情，落在凌雲飛和聶小倩身上。凌雲飛白天得去上班，這些事情就落在聶小倩一個人身上。

曉曉有夜哭的毛病，每天晚上總要來那麼幾次。開始凌雲飛聽到哭聲，趕忙爬起來幫忙。後來累得不行，有時便懶得動，迷迷糊糊又睡著了。睡夢中，只聽到聶小倩在動來動去。

凌雲飛單位領導的脾氣很不好，人又很挑剔，一份材料總要不停地改來改去，還喜歡說些侮辱人的話。凌雲飛暗暗忍著，一回家，累得坐到沙發上就不想起來。但他只要一說累，聶小倩就也說累。凌雲飛知道帶孩子不容易，他不願爭吵，為了孩子，再苦再累也值得。他喜歡孩子咿咿呀呀地叫，皺著小眉頭哭，把他的手指頭拉進嘴裡用勁咬，還有那帶著奶腥味的尿。

有一天，凌雲飛正用手量孩子的身高，孩子癢得咯咯笑，凌雲飛也笑。聶小倩突然發火了。她說：「你不能幹點別的嗎？回了家來，不是掛念王菲，就是嘮叨單位的破事，逗孩子玩。」

聶小倩說完突然哭起來。她幾乎不發出丁點聲音，眼淚綿綿不絕地流出來，帶著清鼻涕，滑過下巴一串串掉在地上。凌雲飛從來沒有見過人這樣哭，彷彿裡面蘊含著數不盡的痛苦。聶小倩鼻子上的雀斑經過眼淚的浸泡，清晰起來，顆顆如豆。凌雲飛拍拍她的肩膀，遞過幾張衛生紙，他想心裡不痛快，哭哭會舒服些。聶小倩不接，肩膀一抖一抖的，猛烈顫動。

孩子感受到這種壓抑的氣氛，瞪大驚恐的眼睛望著媽媽。凌雲飛悄悄在孩子屁股上擰了一把，曉曉大聲哭起來。聶小倩這才止住淚，趕忙去抱孩子。

孩子睡著之後，凌雲飛也睡著了。睡夢中，他聽見聶小倩在哭。他不知道是否是夢，不願意醒來，害怕看到聶小倩真的在哭。

但被聶小倩用腳碰醒了。

聶小倩眼睛紅紅的，已經腫了，鼻尖上還掛著清鼻涕。凌雲飛摟住她，吻了吻她的臉，一片冰涼。

聶小倩說：「哥。」凌雲飛打個冷顫。他不知道怎麼回事，特別害怕聽到聶小倩叫他「哥」。「我悶。」她說。

凌雲飛說：「要不你參加個歌友會，或者隨便個什麼活動，星期天我來帶孩子。」聶小倩把手伸到凌雲飛手掌中，用帶著哭腔的聲音說：「我一點兒也不想唱歌了，沒有那種心情。」凌雲飛說：「你整天一個人待家裡帶孩子，確實悶。那你想幹啥呢？」說這話時，他又在想聶小倩的長處只是唱歌，補充了一句。

聶小倩聽了凌雲飛的回答，嘆口氣。凌雲飛感覺掌中聶小倩的手溫快速地下降，很快變得像坨冰。他攥緊這隻手，想把它溫暖，可是聶小倩用勁兒把它抽出去，說：「睡吧。」

一天，凌雲飛回家後，發現聶小倩怪怪的，與平時不大一樣。她在唱王菲的《心經》，「觀自在菩薩，行深般若波羅蜜多時，照見五蘊皆空……」

許久沒有聽到聶小倩唱歌了，唱的還是王菲的《心經》，凌雲飛以為聶小倩的心情變過來了，心裡一陣高興，頓時覺得輕鬆許多。有一瞬間，他想起了初聽聶小倩唱歌的情景。

後來，回家便經常聽到聶小倩在唱《心經》。開始凌雲飛不以為然，可是聽得多了，他心裡有些恐慌，她除了這首歌，其他哪首也不唱了。

凌雲飛不知道該怎麼辦，想勸勸她，又怕干擾了她現在似乎好起來的心情。他便想，過上一段時期，她唱膩了，或許就不唱了。忽然他想到聶小倩這段時間不抹口紅了。他記得以前問過聶小倩，嘴巴為什麼塗那麼紅？她說自己太普通了，想增加點亮色。現在不抹口紅了，聶小倩的嘴顯得有些蒼白，整個人確實有點灰撲撲的。

又有一天，凌雲飛發現聶小倩在讀佛經。他有些詫異，但覺得讀讀佛經不錯，王菲還皈依了呢。宗教有種奇異的力量，或許借助這種力量，可以讓聶小倩心裡舒服些。

慢慢地，家裡在發生變化。先是牆上有了幅觀音菩薩的畫像。幾天後，畫像前擺了個香爐。很快，香爐兩邊多了小碟和小瓶。又過幾天，小瓶裡插了兩束花。凌雲飛覺得這樣擺著也挺好看，他還想到「借花獻佛」這個詞。有時上班前，他還在觀音菩薩前拜一拜。後來，家裡買來水果，聶小倩總要在碟裡擺放幾個，凌雲飛覺得挺有意思。

這些水果每次在腐爛之前被洗洗吃掉了，也和其他的沒什麼不同。

又過了一段時間，聶小倩開始念經，像唱歌一樣，就是比較單調。

這時孩子安靜地在炕上躺著，房間裡瀰漫著香的味道，觀音菩薩慈眉善目望著她。凌雲飛抱起孩子，拿起供在碟子裡的蘋果，邊嚼邊餵，他感覺這顆蘋果味道似乎不一樣，又說不清，可孩子挺愛吃，不一會兒父女倆把個蘋果吃完了。

孩子會爬了，會扭著肚子笑了。凌雲飛感覺自己的責任也重了。他在單位表現更加積極，一篇小稿，寫完至少要改五六遍，連標點符號也不放過，最後還要認真再念幾遍。

沒想到聶小倩真的信佛了。凌雲飛第一次看到聶小倩跪在觀音菩薩面前，覺得眼前這個身軀裡的人好像是另一個人。後來她每天都是這樣，凌雲飛每次看到都不舒服。而且聶小倩不吃葷了，做的飯菜越來越寡淡。她不唱歌了，還開始給他講些因果輪迴的事情，讓他一起「修行」。凌雲飛覺得聶小倩走得有點遠了，聽著開始煩，想起兩人沒結婚前談論音樂、理想的日子，很納悶生活怎麼會變成這樣。這個聶小倩根本不是他當初喜歡的那個聶小倩，可是她鼻子上的七八個雀斑明明白白寫著她就是聶小倩。

聶小倩除了自己念經不說，還經常把佛經放在凌雲飛的枕頭邊。凌雲飛知道聶小倩的意思，但他一次也沒有翻開過。他整天思索著怎樣把材料寫好，讓領導滿意。

不管凌雲飛怎樣努力，單位上的那個科長職位就是不給他。有聰明人說，領導不好平衡關係，雖然他工作辛苦，可是另一個人資歷老。

凌雲飛回了家，和聶小倩講這件事。聶小倩沉默良久，問道：「要那個科長幹什麼？」凌雲飛本來有一大堆理由講，可是聶小倩這樣問，他覺得一句也說不出來了。他想起當初他們攢夠錢，想去加利福尼亞時，正是聶小倩突然提出要把它拿來打點關係。這個聶小倩還是那個聶小倩嗎？但他沒有這樣反擊，而是問道：「你整天念經是為了什麼？」「心裡安寧。」凌雲飛說：「我弄個科長也是為了心裡安寧，我不想讓整天什麼也不幹的人爬到我頭上，再對我指手畫腳。」聶小倩說：「覺得難受別幹了。」「別幹了？」凌雲飛想不出聶小倩會提出這麼個建議，好像她不食人間煙火似的。他反問：「不幹了幹什麼？」「放下就可以了，我們對你也沒有太多的要求，怎樣還養不活三張嘴？」

聶小倩臉上的表情平靜極了，像張畫皮。凌雲飛惱怒地說：「說得輕巧。」其實他在心煩痛苦的時候，也多次想過放下，可又想放下這個幹啥呢？當時吃了那麼多苦，千方百計調來，連加州也沒有去，還不是為了現在？可是現在，他快樂嗎？

他突然想，要是當初待在D縣，不往雲城借調，就不會有這些痛苦的事情，也不會認識聶小倩，自己或許會過得更舒服一些。

凌雲飛繼續寫材料，聶小倩繼續念經，他們變得像兩條平行的軌道。

回了家，兩人做飯，吃飯。收拾完東西，聶小倩坐在觀音菩薩面前念經，凌雲飛躺在床上逗孩子。屋後的那個梨樹林，他們很久沒有去過了。有時凌雲飛看見人們在樹林裡拍照，覺得有些不可思議，那裡有什麼風景呢？

每當孩子衝著凌雲飛天真地笑時，凌雲飛想，自己小時候不就是這樣，怎樣過不是一輩子？他忽然有種認命的想法，自己活得太累了。

有一天，凌雲飛回家走到門口，沒有聽到往日熟悉的念經聲，靜得他有些不習慣。進了屋子，聶小倩和孩子都在炕上躺著，孩子睡熟了，聶小倩摟著她盯著天花板發呆。凌雲飛心裡頓時有種輕鬆的感覺，她終於不念經了，但馬上又覺得很異樣，一種說不出的感覺讓他毛骨悚然。

他在屋子裡張望半天，發現水甕邊的地上有一大攤水。但那只是一攤水。凌雲飛搞不清聶小倩為什麼把一大攤水弄地上。

他像往常那樣動手做飯。中間，聶小倩沒有說一句話。

飯好之後，凌雲飛端上來。孩子忽然醒來了，哭。頓時，凌雲飛感覺孩子不對勁。以往孩子哭的聲音很高，隔得老遠都能聽見。今天面對面，哭起來卻細聲細氣得像小貓在叫。凌雲飛抱起孩子，她穿的不是早上那身衣服。凌雲飛觀察她的鼻子、嘴，裡面都沒有堵上東西，但哭的聲音明顯不對勁。

凌雲飛問：「曉曉怎麼了？」

「掉水甕裡了。」聶小倩低聲回答。

凌雲飛把孩子顛來倒去看個遍，其他地方沒有半點毛病，就是哭的聲音非常細，感覺像以前聲音的千分之一。凌雲飛茫然地聽著這個細小的聲音。

聶小倩說：「報應。咱們當初不該把那個孩子做掉。」

「報應個屁！」凌雲飛恨不得朝這張故作高深的臉上揍一拳，但他顧不上，抱上孩子匆匆忙忙去了醫院。

醫院檢查半天，曉曉聲帶受損了。醫生說沒啥好辦法，或許隨著年齡增長，會慢慢恢復正常。

接下來，家裡開始冷戰。凌雲飛每天下班回家後，就湊到孩子跟前，經常故意撓她一下，或者嚇她一下，希望聽到她響亮的聲音。可是曉曉只會細細地回應。直到她會說話，還是細聲細氣的，沒有絲毫恢復的跡象。

凌雲飛每次聽見這種聲音就抓狂，曉曉沒有個好的出身也就罷了，連個正常人的聲音也沒有，他覺得對不起孩子。這時他看聶小倩的目光就非常冷。而聶小倩，還是不停地念經，絲毫沒有接受教訓的表現。凌雲飛覺得她非常愚蠢，大概以為念經能把曉曉念好。

有一天，凌雲飛終於忍不住，對聶小倩怒喊道：「你這樣念有個屁用，當初好好帶孩子就不會出事了。」聶小倩一臉平靜地望著凌雲飛說：「你不懂。」凌雲飛憤怒了，他想抓點什麼扔地上，弄出點響動。在屋裡觀察了半天，抓住自己的頭髮，用勁撞牆。

聶小倩看到凌雲飛的樣子，說：「要不咱離了吧？」

「離了?曉曉這麼小，又有這種毛病，多可憐!」凌雲飛撞牆的動作停止了。

「孩子有孩子的福，咱們離了也可以好好疼愛曉曉。」

聶小倩似乎經過了深思熟慮，她說，「你是公務員，離了再找一個也容易。反正你也沒有真正喜歡過我，你喜歡的是王菲，是歌。」

凌雲飛說:「王菲你不是也喜歡，歌你也愛唱嗎?為什麼不唱了?」聶小倩說:「世事紛擾，總有因果，以前唱是因果，現在不唱也是因果。」

5

生活變成這樣，讓凌雲飛措手不及。

有天，趁聶小倩不在，凌雲飛翻了翻她念的經書，大吃一驚。《楞嚴經》、《解深密經》、《大般涅槃經》……凌雲飛本來以為聶小倩只是念念《心經》、《金剛經》等這些時髦的經書，排解心中的煩憂和苦悶，沒想到她已經深入到如此地步。更讓他驚訝的是，曉曉也開始細聲細氣地背佛經了，「觀自在菩薩，行深般若波羅蜜多時，照見五蘊皆空……」

知道啥是個五蘊皆空？這麼小！

凌雲飛在一天晚飯後，對聶小倩說：「你待家裡悶，可以出去找份工作。不想唱歌，可以幹你的本職，當個幼兒園老師，或者做個售貨員、收銀員、業務員，即使去跳廣場舞也比一人待在家裡念經好啊！」

聶小倩輕輕一笑，問道：「你每天寫那個材料有啥用呢？」凌雲飛說：「這能比？」聶小倩說：「為啥不能比？」

凌雲飛說：「寫這些東西，咱們才有飯吃。」聶小倩說：「我念經，為了以後。」凌雲飛說：「你以為我想寫嗎？不寫沒辦法。」聶小倩說：「不想寫別寫了。你不喜歡幹的事情還每天幹著，我喜歡的事情為啥不能幹？」說完，她開始點油燈、上香，在草墊上跪下磕頭，拜觀音菩薩。輕輕的念經聲像唐僧的緊箍咒，彷彿響徹天地間，讓凌雲飛心煩意亂。

有時凌雲飛望著牆上的觀音菩薩畫像想，佛是來普度眾生的，卻為何破壞他的家庭？越想越覺得畫上慈眉善目的佛像別有意味。

一個星期天，聶小倩說要出去。凌雲飛沒有多問去哪裡，現在只要聶小倩不念經，做什麼他都樂意。他說多帶點錢。他希望聶小倩出去見到以往熟悉的生活，會有點改變。

家裡剩下凌雲飛和孩子，少了嗡嗡的念經聲，耳根清淨不少。凌雲飛收拾房間，發現王菲的碟和聶小倩錄的碟亂七八糟堆在櫃子上，落滿灰塵，他伸手上去，留下幾個觸目驚心的指印。凌雲飛傷感地擦拭著上面的灰塵，以前的生活一幕幕浮上心頭，他越擦越傷心，一氣之下，把它們都塞進了爐子裡。塑膠燃燒散發出的刺鼻味道立刻瀰漫了整個房間。凌雲飛嘿嘿冷笑著想，曾經萬分珍惜的東西，原來不過是幾塊爛塑膠，發出的臭味兒和別的塑膠沒什麼差別。他把牆上的觀音菩薩像團在一起，與桌子上的香爐、碟子、瓶子一股腦塞進爐子裡。觀音畫像呼呼地燒起來，屋子裡馬上熱呼呼的。這股熱勁過後，因為香爐、碟子、瓶子不易燃燒，壓住了火，屋裡又涼下來。凌雲飛加了炭，拉著曉曉說，咱們看電影去。

半上午，電影院的放映室裡人非常少，偌大的空間只有凌雲飛、曉曉和另外一家三口，顯得異常冷清。那一家三口邊看邊發出吃吃的笑聲，小孩不斷和母親低聲交談，讓凌雲飛覺得更加冷清。他希望曉曉也發出快樂的笑聲，可曉曉看這場電影有些吃力，許多地方看不懂，偶爾發出點笑聲，也是細聲細氣的，讓凌雲飛更加難受。

電影看到一半，曉曉睡著了。凌雲飛抱著她出來去了肯德基，裡面的淘氣堡馬上吸引住曉曉。她細聲細氣地問：「爸爸，我可以玩嗎？」凌雲飛趕緊幫她脫鞋。曉曉和另外幾個小朋友很快就玩熟了，不住地發出細細的笑聲。

她對凌雲飛說：「爸爸，真好玩。」凌雲飛說：「以後爸爸每個星期帶你來玩。」

玩完之後，吃了肯德基，曉曉開始打哈欠。凌雲飛背上她回家。

回了家，屋子裡很冷。凌雲飛揭開爐蓋，發現火被壓滅了。他把爐子裡的東西掏出來，那些香爐、碟子、瓶子燒得亂七八糟，扭作一團。他把它們扔了，重新添柴，加炭，點火，屋子裡又開始熱起來。凌雲飛摟著曉曉睡著了。

傍晚時分，聶小倩回來，臉上帶著久違的歡樂笑容。

凌雲飛有些驚訝。聶小倩說：「我皈依了。」說著拿出個絳紫色的本本。凌雲飛懷疑地拿過來，像個工作證那麼大的東西，印著「××省佛教協會印製」。翻開裡面，赫然蓋著佛教協會的皈依證監製章。聶小倩的一寸彩照旁邊，寫著「法名暸然。佛曆二五五〇年」。凌雲飛頓時心裡空空的，像穿越到了另外一個世界。

一隻蟲子在屋子裡嗡嗡飛著，明明是冬天，怎麼會有飛蟲？凌雲飛拿起本書朝牠扔去，蟲子沒打著，書落在熱水瓶上，轟的一聲響，瓶膽炸了。曉曉驚醒，細聲細氣喊媽媽。

聶小倩輕輕地拍著她。

凌雲飛說：「你信佛就信佛吧，為啥非要念經，非要吃素，非要皈依？拘泥於這麼多的形式，多做好事善事不就得了？你看人家濟公，『酒肉穿腸過，佛祖心中留』。」

聶小倩說：「我沒有濟公那本事，吃了鴿子肉，還能從嘴裡再變出一隻鴿子。你只知道濟公說的前兩句，不知道後面還有兩句，『世人若學我，如同進魔道』。學佛並不是簡單的做善事就好了，我學佛就是為了要明白。」

凌雲飛望著聶小倩平靜的面龐，嘿嘿冷笑起來，自言自語道：「明白。要明白什麼呢？連怎樣好好生活也不明白，追求什麼歪門邪道。」

這時聶小倩發現房間裡少了東西，她東張西望之後，四處翻找起來。然後，緊緊盯著凌雲飛問：「你把它們放哪裡去了？」凌雲飛心裡害怕起來，後悔把那些東西燒了。

他說：「需要的話，明天再去買。」聶小倩繼續盯著他問：「你把它們放哪裡去了？」

凌雲飛握了握她的手說：「我去做飯。」聶小倩用勁兒掙脫他的手，眼淚嘩地流了下來。

凌雲飛做好飯，聶小倩還在哭著。凌雲飛握了握她的手，一片冰涼，像凍僵了的小魚。他把飯給她盛碗裡，放前面。她不吃，只是流淚。

晚上，她把鋪蓋搬到了另一間屋子，領走了曉曉。後來，房間裡傳來念經聲。

凌雲飛躺在炕上，看見貼過觀音像的牆上留下長方形的白印，像生活被生生揭去一塊皮。

凌雲飛開始喝酒。

以前他覺得喝酒費錢，浪費時間，喝多了還難受，傷身子，不明白為啥那麼多人留戀酒桌。現在他明白了，酒是個好東西，喝多了可以讓人忘掉憂愁和煩惱，包括自己。每次他喝多，走路搖搖擺擺像騰雲駕霧，不再怕馬路上的車流和巷子裡的流浪狗，倒是這些玩意兒見了他通通躲開。他可以大喊大叫，放聲歌唱，有次踩空掉進沒蓋的窨井裡面，爬出來之後不僅沒摔著，而且一點兒也不疼，這種感覺太爽了。

單位上平時人和人之間互相提防，現在一夥人坐一起，喝上二兩酒就可以稱兄道弟，親熱起來，包括那些職位高的人。以往各個科室有了活兒總是推給他，現在與各位主任喝酒，本來屬於他幹的活兒他們居然安排給了別人。凌雲飛覺得自己喝得太晚了。有幾次他喝得太多，吐出膽汁，難受得恨不得去上吊，可第二天還是想再喝。

最讓凌雲飛高興的是，回了家，他躺在炕上，噁心了吐下之後，聶小倩不得不拿著掃帚、簸箕過來給他打掃，而且還現出擔憂的神色，勸他少喝點兒。這時念經聲停止了，總是瀰漫著香燭味道的屋子裡有了酒精味兒，聶小倩平靜的臉上也有了變化，像平靜的水面被伸進手指頭攪了攪。

凌雲飛真的喜歡上了喝酒，他沒有想到喜歡上一樣東西竟然這麼容易。

每天快到下班時，凌雲飛就忙著組織酒局。有次凌雲飛喝多了，在酒桌上大聲罵起單位領導，「×××個逼，沒能力沒水準，只是手長。」唬得坐在旁邊的人趕忙掩他的嘴。酒醒之後，凌雲飛有些害怕。但幾天後大家坐在一起，講起凌雲飛那天的失態，都很開心，還有人誇他是性情中人。

一天，下邊有個縣裡給凌雲飛單位送了些羊肉，每人二斤。凌雲飛路上買了胡蘿蔔，興高采烈地準備回家包餃子。走到門口時，聽見念經聲，一股惡念湧上來。進門後，他衝著聶小倩說：「你看這塊羊肉怎樣？」

「嗯！」聶小倩說。

「我偷來的！」凌雲飛說，「我走在街上，看見前面有個人自行車架上夾著塊肉，他大概喝了酒，車子騎得歪歪扭扭。我想和他開個玩笑，就把他的肉拿了下來，沒想到他根本沒發現。嘿嘿！」

聶小倩的臉馬上變得煞白，「你偷？」她質問道。

凌雲飛沒想到聶小倩對「偷」這樣敏感，有種踩住她尾巴的感覺，快意湧上來。他涎著臉說：「這算不上偷吧，和他開個玩笑。」

聶小倩的淚掉出來。

凌雲飛感覺自己的目的達到了，慢悠悠地說：「騙你的。這是我們單位發的，每人二斤，不信你問去。」

聶小倩不相信，不理他，淚更多了。

凌雲飛看著聶小倩流淚，沒有像以前那樣驚慌失措，而是有種開心的感覺。

第二天下班後，凌雲飛又喝得醉醺醺，一扭一拐往家裡走。看見有家飯店的山牆邊靠近油煙機的地方掛著幾隻風乾的鴨子，他想起昨晚自己說羊肉是偷來的，聶小倩的怪樣子，便蹭過去，順手摘下一隻。

回到家裡，他故意提著鴨子在房間裡晃來晃去。聶小倩臉色一片蒼白。

第二天。

第三天。

凌雲飛每天回家路過那家飯店順走一隻鴨子，儘管第一次拿回去的還沒有吃。他喜歡看聶小倩臉色蒼白的樣子。

第四次他再去拿的時候，有人在後面抱住他。「就是他，他偷了咱們的鴨子。」飯店裡躥出好幾個人，有個穿廚師衣服的男人腦袋特別小，梳著條馬尾辮。凌雲飛衝他點點頭，哈哈笑起來。一個耳光火辣辣地扇在他臉上，凌雲飛繼續笑著。拳頭和腳板朝他身上落下來，凌雲飛感覺到了疼，但他沒有躲閃，他有種恨恨的快意，彷彿這些人打的不是他，而是聶小倩，是觀音菩薩、佛祖。他呢？躲在一邊偷笑，這些人揍得越狠，他越高興。

當凌雲飛鼻青臉腫地出現在聶小倩面前時，她懷裡的曉曉細聲細氣地大哭起來，還「爸爸，爸爸」喊叫著。凌雲飛知道這是女兒心疼他，頓時感覺今天這頓打挨得真值。他理直氣壯地說：「我偷鴨子被人發現了。」

聶小倩臉色唰地由緊張變成憤怒，她癱坐在炕上，像塊被擰乾水的抹布，頭低垂著，兩條腿張開，襪底乾巴巴的，閃著纖維磨久了特有的那種亮光。

凌雲飛為了繼續刺激聶小倩，又重複一句：「我偷鴨子被人發現了。」

6

凌雲飛開始變本加厲放縱自己，撒謊，喝酒，打架，罵人，偷東西。

一天回家，凌雲飛發現鄰居門洞裡的母貓拖著大腹便便的肚子，行動很遲緩。他撲上去抓住母貓。母貓大概嗅到了危險氣息，死命掙扎，對他又抓又咬。牠尖銳的牙齒和鋒利的爪子沒有使凌雲飛放手，反而讓他抓得更緊。他捏著貓的後脖子，走到院裡，用勁把牠朝牆上摔去。貓哀鳴一聲，落到地上，打個滾，爬起來要跑。凌雲飛追上去，再次抓起貓，使勁朝牆上摔去。貓像團爛泥從牆上滾下來，牆面留下一道觸目的鮮紅色血跡。貓躺在地上閉上眼睛，但牠的肚子還在蠕動。房東兩口子聽見貓叫跑出來，看見死貓瞪大了驚恐的眼睛。聶小倩也出來，像貓一樣發出恐怖的尖叫。聶小倩的叫聲鞭子似的抽在凌雲飛身上，他上前一步，一腳狠狠踩在貓肚子上，擰了幾下，屎、尿、血和幾團小肉塊從貓肚子裡流出來，蠕動停止了。凌雲飛一腳把牠踢飛。

凌雲飛進了屋子，脫下皮鞋，認真擦上面的髒東西。他擦得特別認真，鞋帶那兒也不放過，連串鞋帶兒的每個窟窿眼兒也慢慢擦。聶小倩看著凌雲飛，一句話也說不出來，身子簌簌發抖。凌雲飛擦好之後，又用布子打，一次又一次，鞋變得油光發亮，彷彿沾染了生命的氣息，活了起來。聶小倩開始打嗝，一個接一個，喝水，掐手指，捶胸，打噴嚏，怎樣也止不住。

第二天，房東老太太找過來，要求他們搬家。凌雲飛脖子一梗說：「搬個×？時間還沒到。」一腳踹在對面鏡子上。凌雲飛看見鏡子裡面的聶小倩碎成了無數片。聶小倩拉著老太太的手走出去，低聲說：「我勸勸他，不會再這樣了。」老太太說：「開始見你們是正經人，正兒八經上班，才留下你們。」聶小倩拍拍她的肩膀，低聲說：「我們每個月加二十元錢。」

自那以後，凌雲飛發覺聶小倩不再提離婚的事情了，而是更加努力地念經。他想再認真念頂個屁用，就像自己那麼認真寫材料也升遷不了。但很快，他發現聶小倩不光念經更勤奮，而且經常去醫院和敬老院做義工，還拿上家裡不用的一些東西送人。他想聶小倩真的走火入魔了，自己的日子過得這樣緊巴，還接濟別人。

聶小倩買來魚蝦貓狗烏龜等動物放生。曉曉很喜歡小動物，聶小倩買來牠們，曉曉總想留下來玩玩。初時，聶小倩滿足孩子的願望，讓她養過小魚、小烏龜。可是養上一段時間之後，牠們無一例外地都死了。曉曉看見牠們死了傷心地流淚。凌雲飛怪腔怪調地說：「看，又死了一隻。行善積德，怪我殺貓，你們殺了多少？」聶小倩感到這些動物雖然不是她親手殺的，但和她有極大關係，便任憑曉曉哭鬧，家中再不養任何小動物。

一次凌雲飛喝了酒，在單位門口和保安吵架。李副局長看見把他拉走了。他噴著酒氣面對凌雲飛說：「我以前認為你是局長的人，有些冷淡你，現在看來他沒有關照你的意思，我倒覺得你是個人才。要不你找局長談談，我也找他談，解決你的科長問題？」

晚上凌雲飛提了兩瓶五糧液去了局長家。他一進門，把酒放到桌子上，局長的臉就冷了，他說：「小凌，你有啥事說就行了，千萬別來這個。」凌雲飛心裡怯了一下，但想起李副局長的話，不就是「公事公辦」嗎，就說：「一點兒不值錢的東西，過來看看您。」局長好像真生氣了，突然聲色俱厲地說：「把東西拿走！要是這樣，你以後別進我家的門，也別希望在我手裡辦任何事。」凌雲飛有點蒙了，酒放也不是，拿也不是，感覺身上很冷，低頭看著腳下的木地板，地板光滑如鏡，映照出他輕飄飄的影子。尷尬間，局長的老婆忽然出來了，她把酒塞到凌雲飛手裡說：「小凌，千萬別拿東西來我們家啊。該辦的事，局長會幫你辦的。」然後朝他身上稍稍使了點兒勁，凌雲飛就不由自主地朝門口走。

出了局長家的門，凌雲飛才反應過來自己是被推出來的。擱在當初，他肯定恨不得找個地縫鑽進去，但是現在他沒那麼脆弱了，不就是「公事公辦」嗎？他冷靜下來很快想出一個辦法。反正局長知道五糧液是他凌雲飛的，他也不再敲門了，徑直把兩瓶五糧液放在局長門口就走了。

第二天上班，什麼事也沒有，凌雲飛暗中觀察局長，也看不出任何端倪。五糧液被上下樓的人拿走了？凌雲飛不排除有這個可能。過了兩天，他狠了狠心，又買了兩瓶五糧液，晚飯後又放在了局長家的門口。

放到第三次的時候，凌雲飛有點撐不住了，倒不是他懷疑這個計策的作用，而是心疼錢，兩瓶五糧液就是他半個月的薪水，四瓶就是一個月的薪水。聶小倩不上班，全家就靠他的薪水生活啊。好在送了三次以後，事情出現了轉機。局裡突然召開會議研究人事問題。局長帶頭說寫材料的工作很重要很辛苦，凌雲飛寫了多年，組織應該考慮他，體現能者上、賢者上的精神。李副局長馬上呼應，充分肯定了凌雲飛的貢獻，然後，凌雲飛就做了科長。

凌雲飛長長地舒了一口氣。

凌雲飛當上科長，應酬猛地多了。坐到酒桌上，經常被讓到中間，左一個凌科長，右一個凌科長，人們親熱地稱呼著他，敬他酒。許多人找他來辦事，帶著東西。

那次一群人喝了酒，去東方明珠唱歌。一排閃閃發亮的小姐，曖昧旋轉的霓虹燈，凌雲飛醉眼朦朧。

忽然聽到一個熟悉的旋律，「有時候，有時候，我會相信一切有盡頭」，「一切」兩個字穩穩地降了下去，縹緲又清晰。

幾年前的情景浮現出來，又瘦又弱的聶小倩，鼻子上滿是雀斑的聶小倩，正在縣裡幫忙的村官聶小倩。

凌雲飛冷笑一聲甩甩頭，怎麼還想這些？他端起酒杯，旁邊的姑娘馬上也端起酒杯，嘴唇湊過來，散發著脂粉的香味兒。「有時候，有時候，我會相信一切有盡頭」，旋律又繞到這兒。

凌雲飛站起來，望著螢幕前拿著話筒、衣著暴露的姑娘，覺得像是幻覺。

有多久沒有聽這首歌了？凌雲飛茫然地想。

姑娘好像陶醉在歌裡，閉著眼睛，唱得幾乎和聶小倩一模一樣，尤其是「寧願選擇留戀不放手」、「等到風景都看透」這幾句，掌握得好極了。凌雲飛明白這是真的，他想起了《重慶森林》、阿菲、加利福尼亞的陽光和大海。

姑娘唱完之後，凌雲飛坐在她旁邊。看見姑娘臉上散布著些不均勻的黑色的痘痘，不禁心裡咯噔一下，他想起聶小倩鼻子上的雀斑。

凌雲飛問姑娘還會唱王菲的啥？姑娘點了《流年》。

「愛上一個天使的缺點，用一種魔鬼的語言，上帝在雲端只眨了一眨眼，最後眉一皺頭一點，愛上一個認真的消遣，用一朵花開的時間，你在我旁邊只打了個照面，五月的晴天閃了電……」

愛上一個天使的缺點。除了聶小倩，凌雲飛沒有見過誰能把王菲的歌唱得這麼好。

那天晚上，臨分別時，凌雲飛與姑娘互相留了電話。

姑娘居然也叫小倩。凌雲飛聽她這樣說時，有些驚奇，哪能這麼巧？他認為姑娘和娛樂場所中所有的女的一樣，隨便給自己取個名字，騙騙客人。當他臉上浮現出那種不相信又理解的微笑時，姑娘生氣了，她掏出她的身分證讓凌雲飛看。

王小倩。真的叫小倩。

凌雲飛與王小倩開始約會。

王小倩很愛說話。她說她們家住在大山裡，特別旱，家家戶戶都在院子裡挖著旱井。一盆水，媽媽洗了臉她洗，她洗了爸爸洗，洗黑了也捨不得倒，放著繼續洗手。

喝的也是這裡面的水。坡地上種滿向日葵，到了秋天，漫山遍野的金色，像著了火。冬天，她和爸爸去城裡賣瓜子，冬天真冷啊！王小倩說到這兒，縮著身子，表演那個冷。凌雲飛不由與她往緊靠了靠。王小倩說人們說她歌唱得好，出來唱歌能賺大錢，她就出來唱歌了。她唱一個月歌，比她和爸爸賣一冬天瓜子掙得都多。

凌雲飛望著王小倩臉上的黑色痘痘，有些心疼，問她有何打算？

王小倩說：「掙上錢回縣城買間門面房，爸爸賣瓜子就不用再在野地裡受凍了，還可以賣榛子、葡萄乾、糖炒栗子……「糖炒栗子你愛吃嗎？」王小倩問，「聽說可以益氣血、養胃、補腎、健肝脾，還可以治療腰腿痠疼、舒筋活血。可惜很貴。」她嘆口氣。

凌雲飛說：「我給你買。」

他拉著王小倩去了「栗子老人」店。一斤十二元。凌雲飛說：「來二斤。」王小倩說：「半斤，多了吃不了。」

大概過了兩個月，凌雲飛對王小倩說幫她找了份工作。

王小倩眼睛一亮，問：「一月能掙多少錢？」「兩千。」凌雲飛吐出口之後，忽然發覺底氣很不足，但他一月薪水才三千出頭，這已經是朋友盡了最大努力。「太少了，」姑娘有些惋惜地說，「我不能去，我得早點攢夠錢買房子，我們那兒的冬天太冷了。」

當科長以來掌控大局的那種優越感頓時消失，凌雲飛買了包栗子塞進她手裡。他問：「你見過大海嗎？」王小倩搖搖頭。凌雲飛問：「你想過去加利福尼亞嗎？」姑娘說：「聽名字是外國吧，太遠了。」凌雲飛笑了，這個姑娘是王小倩，不是阿菲，不是聶小倩，更不是王菲。

王小倩繼續在東方明珠唱歌。凌雲飛隔段時間去一次。王小倩唱王菲的歌，兩人聊天，或坐著發呆。

王小倩說：「哥，你是好人，不像那些男人。我雖然為了賺錢，但是從心眼裡瞧不起他們。」

凌雲飛聽王小倩叫他哥，與聶小倩叫他時的那種感覺完全不一樣，他臉紅了，想起在東方明珠第一次遇見王小倩，他醉醺醺的下流樣了。從這之後，他對王小倩更規矩了，不越雷池一步，過頭的玩笑話也不說。

一天，凌雲飛點了王小倩的鐘，半個多小時她才過來。一副沒睡醒的樣子，眼神茫然，黑色的痘痘好像更明顯了。凌雲飛心裡有種不安。還沒等他說話，她問：「哥，你相信流年嗎？」凌雲飛想起自己這些年來走過的路，尤其是想到聶小倩，心頭一痛。

王小倩拿起話筒，唱起《流年》來。「愛上一個天使的缺點，用一種魔鬼的語言……」「懂事之前情動以後，長不過一天，留不住算不出流年……那一年讓一生改變……」

唱著唱著，王小倩的眼淚流下來。一種蒼涼的東西堵在凌雲飛心口，他想這是一位溺水的人，可偏偏自己也是個溺水的人，看著對方越墜越深，卻絲毫沒有辦法。

第二天，他不放心，又來東方明珠。老闆說王小倩請假了。凌雲飛撥她電話，已經關機。凌雲飛心裡空空的。

回了家，聶小倩在念經，曉曉也跟著念。凌雲飛萬念俱灰，出去喝酒。

足足過了二十天，凌雲飛才在東方明珠再次見到王小倩。她努力裝出高興的樣子，但眼角的皺紋、厚厚的眼袋一下暴露了她不好的近況。

凌雲飛問：「怎麼這麼多天不見你，發生啥事了？」王小倩揚起嘴角，要笑，卻哭了。「爸爸的腳軋了。」「啊！到底怎麼回事？」王小倩「哇」地哭出來。凌雲飛慌了，趕緊給她遞衛生紙。王小倩抽噎著說：「爸爸再也不能在外面賣瓜子了。我要趕緊給他買房子。以後我啥也幹，只要錢多，你別瞧不起我。」

凌雲飛心裡鈍鈍的，像失去了意識。王小倩說：「這段時間每天晚上做噩夢，頭疼，睡不好覺。醫生說內分泌失調，喝了幾服中藥，也不大管用。」凌雲飛回過神來，望著王小倩哭花了的臉，想起有段時間，他經常做噩夢，聶小倩拿了本佛經，讓他讀，他沒有讀。

7

回家之後，凌雲飛問聶小倩：「我做噩夢後你讓我讀的佛經是哪本？」聶小倩驚詫地望著他，拿出《地藏經》。

凌雲飛把《地藏經》給了王小倩。

幾天之後，他見到王小倩，問：「管用不管用？」王小倩說：「挺管用，自從念上這經書，噩夢做得少了。」凌雲飛十分高興，終於幫了王小倩一次忙。

王小倩有些難為情地說：「哥，裡面有些字我不認識，意思也不懂，你能教我嗎？」凌雲飛拿起書，幫她把不認識的字註上拼音，可有些句子他也不懂，便說下次見面告訴她。

回了家，凌雲飛請教聶小倩。聶小倩很驚訝，用不相信的眼神瞧著他，然後高興起來，認真地給他一一解釋。

幾天後，凌雲飛把從聶小倩這兒得來的答案告訴了王小倩。王小倩一臉崇拜地望著他，「哥，你真行！」凌雲飛心裡出現種從來沒有過的成就感。

此後，《地藏經》成了王小倩、凌雲飛、聶小倩三人之間交流的通道。王小倩把不懂的句子畫出來告訴凌雲飛，凌雲飛回家請教聶小倩，聶小倩一字一句解釋給凌雲飛，凌雲飛記住，再告訴王小倩。

有次聶小倩給凌雲飛解釋字句時，兩人挨得很近，聶小倩的髮絲擦在凌雲飛臉上，他感覺癢癢的。便想他們多久沒有這樣親近過了？親熱更是很久以前的事情了。凌雲飛觀察聶小倩，她鼻子上的雀斑越來越明顯，數量也多了，頭頂上還出現幾縷白髮。內疚爬上凌雲飛的心頭，他想起他們待在小飯館裡談論音樂、理想的日子，為什麼就不去加州了呢？說好以後攢夠錢再去呀！凌雲飛想到這裡難受起來。

凌雲飛每次給王小倩講解完，她眼睛總是亮晶晶的，看凌雲飛的目光又多了些崇拜。好幾次她對凌雲飛說：「菩薩說得真對，『我不入地獄誰入地獄』，只有我在這裡好好幹，才可以讓爸爸在有頂的店鋪裡賣瓜子。」她說堅信自己這樣做是對的之後，心裡坦然了，噩夢越來越少。果然，凌雲飛發現王小倩臉上的痘痘慢慢褪下去不少，整個人變得光亮起來。但他難受，就好像看到溺水的人沒有去救，反而推了她一把。

她的這種目光，讓凌雲飛有些慚愧。回到家裡躺下後，時不時認真回想自己這幾年的生活。自己覺得對，其實一塌糊塗。他懷念起以前借調時辛苦卻充滿夢想的日子。他想，為什麼非要逼著聶小倩幹這幹那，而不讓她念佛。她想念的時候讓她念，不是就能讓她快樂嗎？要是自己支持她，鼓勵她，多給她些時間，或許自己不在家時她就把心思完全放在照顧孩子或者其他家務事上，曉曉也就不會出事了。

凌雲飛慢慢有了變化，對聶小倩念經不再牴觸了。聶小倩念時，他經常默默給她倒杯水。

他開始注意起自己的形象，買來白襯衫和藏藍西服，每天把皮鞋擦得發亮。

這個時候，凌雲飛的一位小學同學去世了。是喝上酒後，回家感覺難受，睡下之後第二天就沒有醒來。凌雲飛去參加他的葬禮，見到同學的兒子，差不多和曉曉一樣大，一句話也不說，摟著架棺材的凳子腿哭。他的樣子，讓凌雲飛難受極了。回家之後，他好多天不想喝酒。

漸漸地，凌雲飛上下班喜歡走在陽光能夠照到的明亮地方，以前從來沒有注意到這兒能使他感到溫暖和愉快。這時他發覺建築的陰影和樓群的縫隙裡，到處是垃圾和糞便，臭味撲鼻。而他走過的這些地方，烤蕃薯又香又糯；煎得黃黃的、熱熱的餅子散發著香味兒；發傳單的大學生圍著長長的圍巾，眼睛又黑又亮，臉上散發著純潔的笑容；賣菜的老太太把各種蔬菜洗得乾乾淨淨，每樣植物身上散發著柔和的亮光……他們每天出現在凌雲飛上下班回家的路上，看起來都挺高興。公車司機也循著這個線路每天不停地來回往返。從雲城到K縣的火車吐著白煙，每天來回往返。數不清的人每天和每天過得一樣，凌雲飛覺得自己似乎不該這麼煩。

有天回家路上，凌雲飛看到馬路中間有條黑色的小狗，右前腿大概被車軋斷了。牠提著這條傷腿，在馬路中間蹦來蹦去，倉皇地躲避著來來往往的車輛，好幾次被車輛捲進去，車輛過後，牠又蹦出來。天空慢慢黑下來，牠的動作越來越慢，眼神卻亮晶晶的。凌雲飛衝進車流中，抱起這條狗。狗沒有掙扎，絕望的眼睛有了神采，感激地望著他，閉著的嘴「嗚」地叫了聲，伸出舌頭舔了舔凌雲飛的手。凌雲飛感覺被舔的那隻手暖暖的，好像有東西擊中他的心臟。他抱著狗來到寵物醫院，給牠包紮好。

把狗帶回家，曉曉驚喜地奔過來，把手中吃的一截火腿腸遞給牠。狗「嗚」地叫一聲，一口接過去，嚼幾下，吞肚子裡。聶小倩走過來，望望狗，沖杯牛奶倒在盆子裡給牠推過去。房間裡傳來咂咂咂咂舔食的聲音。盆裡的牛奶剩下底子時，狗舔食的動作更快了，最後伸長舌頭，把剩下的幾滴一舔而盡。

曉曉的眼睛有些溼潤，他說：「爸爸，咱們留下牠吧？」聶小倩也用懇求的目光望著他。這種目光讓凌雲飛覺得很是溫暖，他鄭重其事地點了點頭。曉曉笑了，聶小倩也笑了。

從那之後，凌雲飛接連不斷地把小動物帶回家。很快家裡有了三隻殘疾狗，五隻流浪貓。院子裡一下熱鬧起來。凌雲飛下班回來，經常看見聶小倩不是給這些小動物洗澡，就是餵牠們吃東西，他驚訝她能抽出時間來陪牠們。曉曉很快和牠們成了朋友，給牠們每一個都起了名字。有天凌雲飛發現，一隻白色的貓居然躺在一隻黑狗的身上晒太陽。凌雲飛注意牠們之後，發現晚上睡覺牠們也在一起，狗摟著貓。

凌雲飛外出喝酒、應酬漸漸少了，有時星期天整天待在家裡，門也不出，帶曉曉，思索材料和佛經。有時他悟到好的想法，去和聶小倩交流，得到她的肯定後，居然有種當時一起討論音樂的感覺。

有次，他在咖啡館給王小倩講解，一仰頭看見窗外有個人影掠過，像極聶小倩。他追出門去，人影不見了。凌雲飛越想越覺得就是聶小倩，回到咖啡館有些心神不定。

王小倩看到他這個樣子，問誰？凌雲飛給她講了和聶小倩的故事。王小倩問：「你們現在有錢嗎？」凌雲飛愣了一下。王小倩說：「有錢趕緊去加州看看呀！也許去一趟加州什麼都好了。」

凌雲飛心裡一動，又開始在網上查閱加州的資料。

一天晚上次家後，凌雲飛發覺曉曉十分開心。還沒有等他詢問，曉曉說：「爸爸，我今天真幸福。你看，玩了淘氣堡，吃了肯德基，看了電影，還餵了鴿子。」她一一數著時，凌雲飛感覺陣陣心酸，想起以前答應曉曉每個星期帶她出來玩一次，可是從來沒有實行過。他說：「爸爸以後一定經常帶你去。」這時聶小倩冷不丁說：「確實應該多帶孩子出去玩玩。」凌雲飛聽到聶小倩這句話，驚訝極了，她似乎從來沒有這樣說過。

凌雲飛問：「在哪兒餵鴿子呢？」「廣場上。」聶小倩說，「給曉曉買了兩元錢的飼料。曉曉把飼料一撒，鴿子成群飛下來，有一隻落在她的肩頭上，嚇得她尖叫起來。」

曉曉說：「人家是第一次玩嘛！」聶小倩說：「以後媽媽經常帶你去。」曉曉高興地拍起手來，「媽媽真棒！」聶小倩說：「曉曉去了肯德基，看見淘氣堡，說你以前帶她來過，玩了一個多小時，臉紅通通的還說不累。」「爸爸，真的不累。」曉曉說。「電影她也愛看，正好是動畫片。」

「爸爸，那個電影可好看了，裡面的松鼠太可愛了。」凌雲飛想起自己小時候看電視，米老鼠、唐老鴨那可愛的樣子，他說：「你給爸爸講講，演了什麼？」

第二天下班，凌雲飛回家特意從廣場繞了一下。許多遊客圍在鴿舍前，凌雲飛走過去，看到許多父母帶著孩子餵鴿子，不時傳來歡快的叫聲。另一邊，一群年輕男女手裡拿著小紅旗呼喊，順著他們的聲音抬起頭來，對面大螢幕上王菲和謝霆鋒在舉行婚禮。凌雲飛恍惚間以為自己看錯了。歡呼聲一浪高過一浪，確實是王菲。凌雲飛想起《重慶森林》，想起穿過鐵路地下橋那個 KTV，想起那個大雪飛舞的晚上。這時一架飛機從頭頂飛過，天空留下一道長長的白色痕跡。

回到家裡，曉曉撲過來抱住他的腿，說：「爸爸你看，媽媽幫我買的。」凌雲飛看到一隻漂亮的小松鼠在籠子裡竄來竄去。他說：「真可愛。」

第二天，凌雲飛回家時從寵物店買了大籠子、小木屋、小吊床、飲水器、食盤、轉輪等一堆東西。回到家裡，曉曉和聶小倩看到這堆東西都被吸引過來了。凌雲飛說：「咱們給牠換個大籠子，松鼠就更自由更開心了。」他開始組裝這些東西，曉曉蹲在一邊，耐心地給他遞著東西，裝到飲水器時，曉曉好奇地問：「這是幹什麼的？」

「給松鼠喝水用的。」聶小倩忽然回答。凌雲飛說：「裝上這個，小松鼠就可以自己湊上去喝水了。」曉曉笑了。

裝好籠子，安上裡面的東西，把小松鼠放進去，牠一下就竄到頂子上。曉曉瞧著牠，歪了歪腦袋，把自己的毛絨小兔玩具塞進去，說：「這下牠就不悶了。」

曉曉聲音細細的，脖子上金黃色的絨毛在陽光下微微顫動，好像玻璃人兒。凌雲飛以前從來沒有發現她這麼脆弱和孤單，忍不住抱起她來說：「曉曉，以後你想要什麼爸爸給你買，要不咱們現在就看電影去。」

曉曉捏了捏凌雲飛的耳朵，怯生生地說：「爸爸，咱們一家人一起去好嗎？」凌雲飛心裡一陣酸楚流過，多長時間他們沒有一塊兒出去過了。他歪過頭，看聶小倩。聶小倩點點頭。

那天晚上的電影是《動物方城市》，當片中的小兔子朱迪離開兔窩鎮，去追尋自己做警察的夢想時，曉曉激動起來，她說：「這個故事媽媽給我講過。」凌雲飛張嘴就說：「電影才上映。」聶小倩說：「熱映一段時間了。」凌雲飛哦了一下，覺得自己缺失了什麼。整場電影，曉曉不斷地笑。電影真是好看，電影結束了，觀眾還不願意離開，看著字幕，一直把片尾曲 Try Everything 聽完。出了電影院，曉曉還在回味電影中有趣的鏡頭，她說：「真好看，咱們明天再來看吧？」凌雲飛和聶小倩對視了一眼笑了。曉曉說：「可以嗎，爸爸？」凌雲飛說：「你問媽媽。」曉曉就說：「媽媽，可以嗎？」聶小倩說：「你問爸爸。」

凌雲飛突然想起什麼說：「曉曉，爸爸帶你到美國去看好嗎？」

曉曉說：「美國？」

凌雲飛說：「帶你到加利福尼亞州的迪士尼總部去看。」

聶小倩看了一眼凌雲飛。

曉曉立刻說：「媽媽，到迪士尼的總部去看電影可以嗎？」

聶小倩說：「下半年曉曉要上幼兒園了，咱們還得攢錢給曉曉上個好的幼兒園呢。」

凌雲飛說：「該有的會有的。」

曉曉說：「媽媽，該有的會有的。」

九月分，曉曉上了幼兒園。聶小倩找了份在輔導班教音樂的工作，她又開始了塗紅嘴唇。重新看到這麼鮮豔的嘴唇，凌雲飛有些不習慣，幾天過後，就覺得聶小倩還是塗上紅嘴唇好看，精神。

接送孩子成了凌雲飛和聶小倩生活中的大事。他們的生活一下子正常得不能再正常了。過去的一切好像一場夢，凌雲飛時不時會發會兒愣怔，聶小倩現在幾乎不再念經了，就好像她有一天突然不想唱歌了一樣。他很想問一下她，問個明白，但是又不敢，怕一不小心戳醒她，使她重新回到原來的生活。如果現在的生活是一場夢，他希望這個夢能永久地持續下去。

半年後，牆上原來掛著觀音菩薩畫像的地方端端正正貼了一張獎狀，上下兩行寫著：「淩曉曉，榮獲『優秀兒童』稱號。」獎狀短，畫像長，還漏出些白色痕跡。後來，一張張獎狀貼上去，痕跡就看不見了。

薩達姆被抓住了嗎

108國道與大運高速公路連接處，拉煤的大車一輛接一輛望不到頭。尹家碧主任不停地看錶，她每看次錶，鄭師傅就按次喇叭。王一清盼望那些大車像落在麥田裡的麻雀，聽到驚擾就轟一下飛走，使自己第一次跟領導出門辦事順利些。

可是刺耳的喇叭聲對它們沒有丁點作用，有的司機甚至橫躺在駕駛室裡，將腳高高翹起架在窗玻璃上，襪子磨破露出黑乎乎的腳板，在睡覺。後來他們跟著輛過路的警車，才好不容易走到高速路上。

一上高速路，尹主任長長地吐了口氣。鄭師傅狠勁踩起油門，儀錶板上的指針嘩地跳了幾格。

薩達姆也真慫，這麼容易就讓抓住了。鄭師傅握著方向盤，點了根菸。

尹主任捂住嘴咳嗽了幾聲。

對不起，我這豬記性。鄭師傅搖下點車窗，把菸扔出去。

不可能吧？薩達姆怎麼能讓美國人抓住？王一清小心翼翼地問。他覺得薩達姆怎樣也是伊拉克的總統，即使伊拉克打不過美國，他也不可能被抓住。

鄭師傅脖子梗了一下說，怎麼不可能？昨天《新聞聯播》上剛播的，你難道連《新聞聯播》也不相信嗎？

王一清從鄭師傅的口氣裡聽出了他的不耐煩。他不是不相信《新聞聯播》，而是不相信薩達姆會被美國人抓住。

他識趣地不再說話，把臉轉向尹主任，希望她能做出個回答。

尹主任雙膝併攏，手放在裙子上，點點頭說，薩達姆昨天確實是被抓住了，電視上播了。

王一清的臉唰地紅了。

薩達姆怎樣被抓住的？王一清本來準備不說話了，聽尹主任這樣說，又忍不住問。

你不看電視啊？鄭師傅反問。

我家沒有電視。王一清說。

這下尹主任和鄭師傅都有些驚詫。鄭師傅馬上問，小王你在哪兒住著？

盧公村租了間房子。王一清回答。

我幫你在單位院裡找間房子吧。尹主任的手還放在雙膝上，手指甲上閃著潔白的光。尹主任說完這句話，王一清心裡頓時熱乎乎的，不由又悄悄地瞄了她一眼。

還不趕快謝謝尹主任，鄭師傅說。

王一清心裡雖然感謝，鄭師傅這樣說，他卻又有些反感。

那天路上，鄭師傅不停地說薩達姆被抓的事情，彷彿他親自參與了這次行動。尹主任偶爾插幾句話，每句都讓人感覺非常權威。王一清看著頭髮花白的鄭師傅和漂亮的尹主任，想薩達姆被抓和他們有什麼關係呢？

那天王一清他們的任務是到省裡審批個項目。負責同志簽字的時候很順利，那個部門領導甚至沒有抽王一清他們支菸，認真看完材料就簽了字。但是蓋章的時候遇到了麻煩，辦公室管理公章的人有事不在。

王一清他們不知道他去了哪裡，什麼時候回來，也不敢催著問，只好苦苦等，傍晚快下班時才蓋好章。

回去的路上，鄭師傅車開得很快。一群群黑乎乎的麻雀像石頭一樣從一棵樹上飛到另一棵樹上，公路上不時見到骯髒的血跡和凌亂的羽毛，王一清擔心那些麻雀撞到他們車上。

回到家裡，妻子已經吃過晚飯，在昏暗的燈光下看書。

看見王一清回來，妻子問，吃過了嗎？要不要再給你熱點飯？

王一清搖搖頭，拿起舊背心剪成的抹布把燈擦了擦，屋子裡亮堂許多，但是燈上黏的幾塊蒼蠅屎怎樣也弄不掉。王一清把燈拉滅，月光透過窗櫺照進來，牆角的那棵幸福樹上流淌著銀光。

妻子用臉盆端來水，在裡面撒了點洗衣粉，把抹布擺了擺，遞到王一清手裡。蒼蠅屎擦掉了。重新拉開燈，屋子裡又亮了些。

你知道薩達姆被抓住了嗎？王一清問妻子。

妻子吃了一驚，怎麼會呢？

新聞上播的。

咱們要不買臺電視吧？螢幕小點的就行。妻子說。

王一清搖搖頭，握住妻子的手。結婚幾年了，妻子也沒有個戒指，手卻比以前粗糙許多，食指關節處還留下塊刀疤，那是切鹹菜疙瘩的時候刀子滑下來割傷的。王一清心裡充滿內疚，打算等下個結婚紀念日，給妻子買枚戒指。

從此，王一清時常關注薩達姆的消息。單位上的電腦一沒有人用，王一清便搜尋薩達姆。回家路上只要路邊店裡電視上播放與薩達姆有關的節目，便停下來看。

慢慢地，王一清對薩達姆的情況了解越來越多，單位上的人們再說起薩達姆的時候，誰也不如王一清知道得多。王一清能清晰地說出薩達姆的兒子烏代和庫賽7月22日被美軍擊斃，薩達姆的保鏢9月5日被美軍奧迪諾少校抓獲。王一清彷彿成了薩達姆的隨從，幾乎知道他的一切情況。

王一清在單位上幹著寫材料的工作，這種工作，是非常辛苦而枯燥的。當時，也是因為單位上沒人喜歡幹，才把王一清從基層借調來。王一清也不喜歡，但為了來城市，為了將來的發展，當人家物色準他，徵求意見時，他同意了。王一清是個敏感而又藏不住心事的人，雖然來了，但每當材料不合領導要求，挨了批評後，心裡鬱悶，就和同事們說薩達姆。這個時候，伊拉克戰爭已經隨著薩達姆的被捕，漸漸接近尾聲，薩達姆也不再是社會上的熱點，王一清卻控制不住自己，不停地說。

眨眼間幾年過去了，每年到結婚紀念日，王一清都沒有給妻子買下結婚戒指。這期間，他們單位陸續調進了四個人，其中一位還安排到王一清的辦公室。王一清的調動卻遲遲沒有結果，而且糟糕的是當初借他來的那位領導調到另外的市裡任職了。

當王一清借調來第二年過中秋節的時候，他想是不是應該給大領導（註：單位一把手）送點禮？

可是送多少，送什麼，怎樣送，心裡沒個底。他想起農村的老父親對自己說過，一杯開水暖人心。他買了些縣裡產的小米、綠豆、紅棗等土特產，去給大領導送。進了市委家屬大院，發覺和自己平常來時大不一樣，每家別墅門口都停著幾輛小車。有人從車裡搬上東西進大領導家的門，過會兒出來之後，下一輛車跟上。有條不紊，像排練過似的。這一下顛覆了王一清認為送禮就得偷偷摸摸的想法，他拎著手裡的東西，等了半天，覺得自己拿的東西太寒酸，沒有了勇氣。

王一清回了家，覺得還是從工作上找原因吧，自己應該幹得還不夠好，再加把勁，或許下一年就調進來了。

王一清借調來的第三年五月，中國某個地方發生了大地震，死了許多人，全國各地組織集中悼念死難的同胞，並捐款捐物支持災區。王一清所在的市裡也積極行動，辦公室通知時，那位後調來的女同志接的電話。王一清正在忙著他的材料。王一清聽見對方把一個一個人通知完之後，卻沒有他。

女同志問，沒有王一清？

對方乾脆地回答，借調的不用。

女同志掛了電話，訕訕地對王一清說，我們下午參加默哀，你不用去，省點心。

王一清抬起頭衝她笑笑，繼續弄他的材料，腦子裡卻嗡嗡的，一個字也看不進去。就這樣坐了半天，實在憋不住，拉開椅子跑出辦公室。

他順著樓梯走到市委大院裡，滿院子都是明晃晃的小車，刺得他眼睛直想流淚。大門口有堆上訪的，手裡拉著白色的橫布條。王一清穿過這些人來到街上，第一次在上班時間跑出來，王一清不知道該去哪裡。他順著人群不知不覺走到汽車站，聽見廣播裡正在喊回他們老家的車再有五分鐘出站。王一清早就知道自己不可能回去了，但聽見這廣播，心裡還是抖了一下。

下午兩點鐘，王一清提前來到辦公室，站在窗口前。快到兩點半的時候，各單位的人陸續聚集在了市委大樓前的廣場上。兩點半的時候，沉痛的哀樂響起，全場肅穆，國旗緩緩降下，幾千人一起鞠躬。王一清哭了，他說不清是在為那些死於地震的同胞難受，還是為自己痛苦。這時，一群鴿子從廣場上空飛過，羽毛一片一片閃爍著白光，消失在遠處。王一清忽然想變成隻鴿子。

單位捐款的時候，按照以往慣例，處級三百，副處二百，科級一百，科員五十，王一清這類借調的人，一般都是回原單位捐。這次情況特殊，在以前的基礎上向上浮動，大領導兩千，其他領導一千，交特殊黨費。

王一清發了瘋似的取了兩個月薪水。當他把嶄新的兩千五百元放在會計辦公桌上的時候，她瞪大了美麗的眼睛。

她望著王一清說，你不需要在這兒捐，也不需要捐這麼多。

王一清負氣地說，我就要在這兒捐，就捐這麼多。

會計好心地提醒他說，你真的沒這個必要，這樣不好看。

王一清知道她誤會了自己的意思，以為他不懂規則，捐這麼多錢是為了積極表現。他呵呵一笑說，我就捐這麼多。

放下就走了。

下午，辦公室主任找王一清來了。他拿著一沓錢說，一清，我諮詢過了，借調人員都回原單位捐款。

這句話惹惱了王一清。王一清說，我就在這兒捐，捐兩千五。

說完這句話，王一清不管辦公室主任，埋頭改材料，把他晾在了那兒。

第二天，捐款的紅榜貼出來了，大領導的名字排在第一位，兩千元。接著按職務、資歷依次排下來。王一清看到末尾，也沒有發現自己的名字。

他急匆匆地去問會計。

會計說，因為你捐款數額比較大，特地轉到紅十字會去了，他們或許會表彰你。

王一清覺得身子輕飄飄的，失去了所有重量。

不久，市裡開始組織規模龐大的戶外健身運動。各單位在自己的辦公樓外因地制宜，劃出了羽毛球場地，擺上了乒乓球案子，買了跳繩、拔河繩，裝上了單槓、雙槓等健身器材。這些活動美其名日健身，實際上誰都知道，這個城市位於大的地震帶上，唐朝的時候就發生過八級多的大地震。人們害怕現在發生地震，便盡可能地在戶外活動。

王一清他們單位也裝上了各種設備，每天上午十點多開始，人們就溜出辦公室，開始活動。這些習慣了坐辦公室的人剛開始來到院子裡還懶洋洋的，三兩個一夥靠著單槓、雙槓、乒乓球案子聊天，像吃飽了出來晒太陽的大貓。後來幾個年輕的姑娘和小夥子開始打乒乓球和羽毛球，慢慢地單位別的人都動了起來，大家各取所好開始鍛鍊身體。

過了段時間，大家都開始打起羽毛球來，原因是尹主任喜歡打羽毛球。

尹主任為了打好羽毛球，準備了套尤尼克斯裝備，總價下來五千多元。當尹主任帶著這套裝備站到院子裡的時候，她那原本美麗的面容增加了幾分英姿颯爽，顯得更加高貴迷人。她運動起來的時候，跳躍、奔跑、甩頭都瀟灑極了。她飽滿的胸脯顫悠悠的，兩條長腿肥瘦適中，又白又嫩。

市委大院裡的其他單位看到尹主任打羽毛球之後，好幾個領導也迷上了羽毛球。他們每人也購置了一套尤尼克斯裝備。後來發展到王一清單位幾乎人手一把尤尼克斯球拍，只是在型號上有些差異，大領導們都買了超級高彈性碳素、奈米鈦裝甲的 YONEX AT700 奧運紀念版套裝，其他人根據自己的職務大小分別購置了尤尼克斯的其他型號。每天當王一清單位的領導和同事們揮舞著這些昂貴的球拍在院子裡打球的時候，王一清通常坐在辦公室裡撰寫那沒完沒了的公文。

有幾次，鄭師傅在樓下喊王一清，小王，下來打球。

王一清總回答，忙。

公文沒完沒了，王一清沒有時間，再說王一清也買不起那麼貴的球拍。

快要數伏的時候，市裡舉辦了場規模龐大的消夏晚會，具體由王一清單位承辦，請來了許多耀眼的明星。漂亮的尹主任站在這群明星中間，頓時黯淡了，頂多像顆小星星，只有點微弱的光芒。王一清對各種星向來不感興趣，但是這次請來了王菲。王一清一點兒也沒想到市裡的活動能請來王菲。當王菲在保鏢和隨從的簇擁下穿著黑衣服出現的時候，王一清有種窒息的快樂。王一清擠啊擠啊，一直擠到王菲身邊。單位有個傢伙正拿著相機在拍照。王一清說，給我和王菲照張合影。這個時候，尹主任也擠到了王菲的另一邊。王一清看到相機快門一閃，王菲被人流夾裹走了。王一清站在原地，回想王菲剛才的樣子。尹主任走到那個拿相機的傢伙那兒，側著頭去看和王菲的合影，王一清也湊過去。王一清看到相機裡只有王菲和尹主任，沒有自己。他不解地望著照相的那個傢伙。那個傢伙一臉壞笑地望著王一清說，對不起，人一擠相機偏了。王一清的臉頓時紅了，擠出人群回了辦公室。

後來聽說那天王菲只唱了一首歌，王一清知道自己這輩子再也見不到王菲了。忽然他想離開這個地方遠遠的，遠遠的。

那天王一清回家之後，尋找自己的運動鞋。

妻子問幹什麼？

王一清問，你說薩達姆被抓住了嗎？

妻子說，你不是說新聞上播薩達姆被抓住了？

王一清哦了一聲，把頭鑽床下。

你要幹什麼？妻子問。

跑步。王一清說。

妻子說，你也應該鍛鍊鍛鍊身體了，只是今天開始數伏，這麼熱的天，你去跑步？

王一清掀開日曆。6月17日，庚申。入伏。

第二天上班的時候，王一清帶了雙運動鞋。

一進單位大門，王一清看見尹主任正翹起屁股在黑色的福斯旁邊換高跟鞋。她的長髮垂下來，遮住半個臉，屁股翹翹的。王一清咽口唾沫，想尹主任真是個好女人。尹主任換好鞋直起腰來，跺了跺腳，看見王一清，問道，小王，你早。香風從她身邊吹來，王一清呆了呆，才想起尹主任問他話，他回答，尹主任，早上好。

那天上午王一清憋足勁幹活兒。

下午快五點的時候，天氣稍微涼了些，人們三三兩兩從辦公室出來去打羽毛球。王一清換上運動鞋，轉了轉脖頸和腰。走到院子裡的時候，尹主任招呼他說，來打羽毛球呀！

王一清遲疑了下說，我，跑步去！

在眾人的注視下，王一清扭著因為坐久了僵硬的身子跑出大門，感覺渾身像脫光了衣服一樣難堪，而且心裡為拒絕了尹主任不安。這個時候，他聽到身後傳來鄭師傅的話，牛逼個啥呀？王一清苦笑一下，大步朝前跑去。

四周都是帶著腥味的熱氣和炫白的陽光，王一清感覺有些暈頭轉向，不知道該朝哪個方向跑。忽然不知從哪兒看到的廣告詞「一路向北」衝進王一清的腦子裡，王一清向著北邊跑起來，跑了幾步，就熱得喘不過氣來。王一清想那些打羽毛球的人大概已經打完一局，正端著杯子在喝茶。

王一清給自己定下目標，跑到滹沱河岸邊。

路兩邊的門市裡無精打采地放著音樂，幾把歪斜的椅子上躺著大肚皮的老闆，一個女人在給孩子餵奶，乳房白花花的。

王一清向前跑去。好久沒有鍛鍊身體，腿像一雙不聽使喚的筷子亂擺，而且沒有氣力。

晒化了的108國道像長長的棉花糖，瀝青散發著刺鼻的毒氣。紅燈亮了，卻等到綠燈亮起來的時候，也沒有車經過。王一清踩在黏腳的瀝青上，有種走進荒原的感覺。

穿過京原鐵路的時候，王一清裸露的腳腕碰了下鐵軌，像踩在通紅的鐵條上面，感到一種尖銳的刺痛。已經能遠遠望見滹沱河了，一道道的白汽在河流上空交纏盤旋。

王一清深吸口氣，朝前奔去。

幾個破爛的門扉口躺著幾條瘦狗，交差似的虛弱地叫了一兩聲，又悶頭大睡，口水吧嗒吧嗒滴在地面上。

一塊一塊的玉米田散發著果實快要成熟的氣息，整整齊齊排列著走向北邊。

加油！

加油！

王一清給自己鼓勁。

快要窒息的時候，王一清看到了滹沱河岸。他像狗樣大張著嘴呼呼喘氣，一屁股坐在地上，感覺心都要跳出來，覺得好像完成了件什麼了不起的事情，有些暗暗得意。

河水被鐵礦汙染了，渾濁的水面上飄著黑色的鐵渣子，在依舊熾熱的太陽下閃爍著片片亮光。

休息了會兒後，王一清開始往回跑。

說是跑，其實差不多比走都慢了。王一清能聽到自己的心在撲通撲通劇烈地跳動。

穿過青色的玉米地。

穿過黝黑的京原鐵路線。

返回108國道的時候，路上有許多車。看時間，已經六點多。

到了市委大院門口，有個老太太攔住王一清，把張單子塞進他手裡。王一清以為是上訪的，隨手接住。

進了單位院子，還有兩個人在打羽毛球，鄭師傅坐在臺階上喝茶，看見王一清，他撇了撇嘴。

回了辦公室，王一清喝下出去時晾的茶，拿起剛才老太太塞給他的傳單。是宣傳天主教的。王一清根本不相信這些，匆匆掃一遍，隨手把它擱在一摞文件上，又給自己倒了杯茶。

晚上回了家，王一清渾身疼痛，吃過飯早早就睡了，一晚上沒有醒來，也沒有做夢。

第二天上班的時候，王一清腿疼得幾乎抬不起來。到了下午快五點，同事們出去打羽毛球的時候，王一清咬了咬牙，又換好鞋跑出去。

這天比第一天跑起來更加艱難，除了呼吸跟不上，身體到處都在疼。不鍛鍊時間太久了。返回大院門口的時候，王一清看看錶，比昨天晚了十分鐘。

昨天那個老太太居然又在。看到王一清，她把手中的傳單遞過來。王一清說已經有了，沒有接。老太太朝王一清和善地笑笑，手依然舉著。她的笑很普通，王一清心裡卻一暖，伸出手把傳單接過來。

接下來的幾天，王一清每天五點出去跑步，單位忙的話，他跑步完了回來再加班。堅持一段時間之後，每天上班，竟然最期待的事情就是下午五點出去跑步。在接近窒息的奔跑中，他感覺到非常久違的自由。

每天回來，總能在大院門口碰到那個老太太。每次她總是對王一清笑笑，塞給他傳單。王一清沒有再拒絕，回到辦公室照舊放在桌子上。

單位裡的人還在打羽毛球，但是隨著地震的風聲越來越遠，打球的人也越來越少。除了尹主任幾乎還在每天堅持以外，其他人都三天打魚兩天晒網，沒有了當初的那種勁頭。

他們名貴的羽毛球拍子掛在牆上，有的已經布滿灰塵。

國慶過後，天氣漸漸涼了，風也大起來，戶外打羽毛球已經不能算是好的活動。單位舉辦了一場羽毛球比賽，除了王一清，其他人都參加了。

比賽剛開始時，風很小。院子裡很久沒有這樣熱鬧了，大家穿著簇新的運動衣，揮舞著名貴的球拍，嗬嗬大叫。後來風越來越大，羽毛球被風吹起，一次次改變方向，像受傷的小鳥在無奈地掙扎。人們停下來，等風小一些或停了再重新開始比賽。可是風沒有絲毫小的跡象，對面樓頂上過國慶時插的紅旗像張開翅膀的鳥群，使勁地飛舞。

等待的人們終於失去耐心，宣布羽毛球比賽結束。所有參加比賽的人都得到了一份獎品，尹主任那組不出所料獲得了第一名。

那天中午，獲得第一名的尹主任那組在「天外天」請大家吃飯，單位的人皆大歡喜。吃完飯老闆又請大家去「天上人間」唱歌。

下午快五點的時候，沒有像以往那樣聽到外面打羽毛球的聲音，王一清有些不安。到了五點的時候，王一清換好鞋，出了辦公室，院子裡靜悄悄的，只有一刻也不停歇的風。沒有看到尹主任，王一清有些失落。

他一口氣穿過108國道、京原鐵路，跑到滹沱河岸邊，大片灰色的雲積聚在河岸上空，像水流一樣一眼望不到邊際。枯黃的茅草在風中無力地搖擺，掉了葉子的樹木疏朗起來，露出樹頂上許多用小棍和樹枝搭建的鳥窩。

往回跑的時候，風更大了，但是是順風，王一清跑起來很省勁，他不斷給自己設置目標，一次次進行衝刺。

到了大院門口的時候，居然才五點四十幾分，比平時足足早了十多分鐘。王一清有種戰勝了什麼的感覺。那位散發傳單的老太太卻不在，王一清有些驚訝。

回到辦公室，王一清數了數老太太給他的傳單，居然一百多頁了。

過了十分鐘，聽到單位院子裡那些汽車開始陸續發動。

六點鐘的時候，院裡的汽車已經差不多走完。王一清一抬頭，看見那位老太太站在大門口，像根孤零零的電線杆，風把她的頭髮吹成一團，好像她在這兒已經站了很久。王一清想剛才明明沒有看到她呀，忽然產生了種想和她親近的感覺。

王一清跑下樓，接過她遞過來的傳單，站在她對面認真看起來，還是關於天主教的，和以前的沒有多大差別。王一清不清楚老人為什麼每天這個時候站在大院門口。

沒有了那些五點左右打羽毛球的同事，出去跑步的時候王一清反而有些不安，畢竟是在上班時間，以前大家都在玩，誰也不當回事，可是只有他一人玩的時候，就顯得怪異。

王一清想自己是不是應該六點鐘下班後再去跑步？

想著這兒，王一清又隨手拿起傳單，看到上面寫著星期天教堂做禮拜。他想自己還從來沒有去過教堂呢，便打算星期天去看人們怎樣做禮拜。

星期天早上王一清沖完澡，正準備去教堂，忽然辦公室主任打來電話，讓王一清替大領導去電信局參加電視電話會議。這類會議王一清以前也替大領導參加過，內容大多無關緊要，大領導們不願參加，便隨便打發個人去湊數。今天王一清被抓了差，他覺得倒楣。

王一清很不樂意地去了會場。會議開始的時候，會場裡只零零落落坐了十幾個人，大多是各個單位的年輕人，也有些像王一清這樣借調的。電視裡上級領導輪番講話，各省代表介紹經驗，大家聽得無精打采，大多數人打開手機瀏覽訊息或聊QQ，也有人在筆記本上亂畫。

兩個多小時後，電視上的人才講完，主持人宣布散會，轟地人們都站起來，不到一分鐘，會場裡沒有了人。

出了會場，王一清不知道教堂的活動結束了沒有，抱著試試看的心理往那邊走。到了教堂門口，正有許多人從裡面出來。王一清想肯定來晚了，但還是不死心，想進去看看裡面到底有什麼。

教堂門口的小廣場上，出來的人們聚成團不知道在聊什麼。有個女人抱著募捐箱，正給一位得了白血病的教友募捐。

王一清進教堂的時候，又迎面碰上幾個出來的人，心裡想這大概是最後幾個人了，裡面頂多剩下幾個打掃衛生的。

沒想到一走進教堂，他就被莊嚴的感覺攫住了。大概正在做彌撒，幾百人安靜地坐在臺下，仔細聆聽。王一清找個地方悄悄地坐下，前面幾塊電子大螢幕上放著彌撒的內容，仔細看，不是英文，可上面的文字王一清居然一個也不認識，當然也聽不懂。

王一清覺得見鬼了，難道這裡的這麼多人都看得懂這些文字，聽得懂這種語言？

他繼續坐著，看接下來幹什麼。

接下來幾個學生模樣的人領唱讚美詩，這次用的是英文，王一清能聽懂幾句了。他看到周圍的人都張著嘴跟著哼，被這種奇怪的局面弄糊塗了。他打量前面的几案，每隔兩尺遠擺著一本《聖經》。這些《聖經》有些舊，但看起來每一本都挺完整。王一清拿起一本，是法國修道院印製，送給這座教堂的。王一清奇怪這些《聖經》為什麼沒有像公園裡的油傘、盆景被人順走，教堂門口也沒有把門的。

過了會兒，兩個農民模樣的夫婦要走了。他們貓著腰躡手躡腳地退到過道裡，丈夫一條腿跪下，行了個禮，接著妻子也這樣行了個禮，兩人肅穆地離開。

王一清震驚了。

那天直到離開教堂時，王一清還在被莊嚴的感覺籠罩著，想起每天下午六點左右在單位門口散發傳單的老太太，神聖感湧上心頭。

下個星期一下午五點鐘時，王一清換好鞋，繫好鞋帶，把臉貼在玻璃上，希望看到有人在打羽毛球，或者玩雙槓、跳繩也好，可是沒有人出來。那些安靜的體育器材在秋日的陽光下散發著冷冷的光澤，單槓上面居然晾了一條花白格子的床單。王一清忍住想要跨出門的雙腿，心不在焉地校對材料。

五點五十分的時候，院子裡傳來發動汽車的聲音，然後是乒乒乓乓關辦公室門的聲音。王一清跑到樓頂上，看見汽車相繼開出大門，那位瘦弱的散發傳單的老太太從南邊逆著風走過來，風把她的頭髮吹到後面，越往前走，她的面容越清晰。她手裡拿著傳單，走到大院門口停住了。王一清趕忙跑下樓頂，往出走。到了老太太身邊的時候，院子裡的汽車已經走完，騎摩托和自行車的同事也急匆匆回家，沒有人留意老人，也沒有人接她遞過來的傳單。王一清鼻子有些發酸，迅速接過老人手裡的傳單，朝她揮了揮手，大步朝北跑去。

接下來的日子，王一清不管單位的同事五點鐘在幹什麼，他準時出去跑步。每天六點鐘左右跑回來，從老人手中接過傳單時，正好與下班回家的同事擦肩而過。他從人們那略有些疲憊，又茫然和滿足的臉上，知道許多人想著又過了一天了。他想整個機關公務員的人生就是本大日曆，看起來季節分明，其實是一天一天在重複，啥時候這些紙撕完了，一輩子就過完了。

辦公桌上的傳單越來越多，王一清捨不得把它們處理掉，一張張摞起來。聞到上面的墨香，王一清就彷彿看到了那位老人。

慢慢地，王一清發現自己跑步的時候，背後有些人對他指指點點。他想我只是個借調的，你們還能把我踢回去？

隨著冬天的來臨，五點鐘越來越暗，已經接近天黑。

有次，快五點的時候，鄭師傅在院子裡擦車，王一清路過時，他用怪腔調問，又要出去跑步了？那個「又」字說得特別重。王一清知道他是在故意等他，然後說這句話。他的話酸溜溜的，一下讓王一清想起幾年前他在高速路上說的「你怎麼連《新聞聯播》也不相信呢？」王一清笑了笑，沒有理他，用勁向前跑去。出了大門，王一清聽見後邊狠狠地說，怪不得調不進來！

後來，五點鐘天就黑了。

一天王一清跑步回來，看見尹主任辦公室的燈還亮著，以為沒人了，他敲敲門，裡面卻說，請進。王一清進去時發現尹主任正在讀托福英語考試的書。王一清有些驚訝，在他們這種單位，工作和英語沒有半點關係。他不禁問，您要出國？

尹主任招呼他坐下，給他沏了杯茶，沒有回答他的話，卻說，在咱們單位的年輕人中間，我最看好你，有才華，又有毅力，你一定要堅持下去呀。坐機關，就是要坐住，拼誰的耐力強，你把所有沒耐心的人都熬走了，你就成功了。

尹主任說這些話的時候，王一清看到尹主任白皙的臉上，眼角有幾道細細的皺紋。他想起尹主任很年輕的時候就是下邊縣裡的領導，工作能力非常強，組織上本來準備要重用她，才安排到現在這個單位，可是上邊很器重她的那個領導出車禍死了，尹主任就再沒有挪動。

王一清每天繼續跑步，還買了些關於跑步的雜誌和書籍，沒事的時候亂翻翻。沒想到一翻就鑽進去了，原來跑步有這麼多的學問。從此，王一清有空暇就研究跑步，一段時間過去，王一清覺得自己以前根本沒有理解跑步的意義，只是和單位的人們賭氣。他照著書上講的那些，調節呼吸、步子、姿勢，還買了專門的跑鞋，跑步變得越來越輕鬆，越來越舒服。

快到新年的時候，忽然傳來幹部職工要延遲退休的消息，人們議論紛紛。鄭師傅一聽臉色白了，他說，好不容易盼到六十歲，要休息了，又要推遲退休。哪些狗日的願意遲退休，只有那些當官的，難道要老子拉你們一輩子，把你們拉到棺材裡，拉到火葬場？

王一清看著鄭師傅的樣子，覺得他很可憐。他此時的心情跟鄭師傅完全一樣，盼望退休。現在讓他退他也願意。

那天中午，王一清約鄭師傅去喝酒。鄭師傅去了，再不像以前那樣總是擺出老資格的樣子，他自己不停地主動要酒。後來，他端著酒盅邊喝邊問王一清，你知道自己為啥調不進來嗎?你知道小張的舅舅是誰，小王的大伯是誰，和你一個辦公室的那個賣逼貨的公公是誰?王一清知道鄭師傅喝多了，奪下他的酒杯，扶著他搖搖晃晃回了單位。沒想到鄭師傅竟站在樓道裡罵起了大領導。後來尹主任出面，派了另一位司機把他送回家。

天黑得越來越早，天氣越來越冷，單位上許多人沒事四點多就溜了。

一天，快五點的時候，王一清正準備換上裝備出去跑步，忽然辦公室主任說大領導叫他。

王一清進到大領導辦公室，看見牆上掛鐘的時間指向四點五十分。大領導讓王一清坐下來，談他借調的事情。他說鄭師傅馬上要退休了，一空出編制就解決你的問題。王一清心裡出現絲綠油油的希望。他問不是要延遲退休嗎?老闆說正在醞釀，還沒有正式文件發表。

牆上那個漂亮的掛鐘上，分針在飛快地走，王一清看見馬上要五點了，想到跑步，心裡有些焦慮。大領導好像看出了王一清的不安，問他有事嗎?王一清忙說沒有。五點鐘過去了，大領導還在說。王一清覺得大領導這次可能下定決心要給他辦了，有些興奮。五點半的時候，大領導終於點點頭說，你好好工作吧，借調的事情會解決的。王一清忙跑回辦公室換鞋，然後一頭紮進黑夜裡。他跑在路上，感覺非常高興。

當他跑回來的時候，已經六點半了。王一清沒有看見那位熟悉的老人，門口只有兩桿昏黃的路燈，惆悵湧上他的心頭。

第二天，王一清仍沒有見到那位老人。

第三天，王一清還是沒有見到那位老人。

王一清想老人是病了，還是對他失望了？

王一清還在繼續堅持跑步，可是老人像是消失了，王一清再也沒有見到。

新年過後，延遲退休的文件沒有下來。鄭師傅辦理了退休手續。王一清辦理調動手續。編辦、組織部、人事局蓋了章，可需要市長簽字時，人事忽然凍結了。王一清覺得冥冥之中好像有隻手操控著命運，偏偏在自己調動的時候，人事凍結了。他想，工作還在繼續做，為什麼人事就凍結了？凍結了人事，這份工作誰來做？

王一清想起尹主任說的，坐機關，就是要坐住，拼誰的耐力強，誰熬到最後，誰就成功了。他嘆嘆氣，開始算自己再有多少年才能退休。

臨近春節的時候，市裡搞全民健身運動，有機關馬拉松比賽，王一清報名參加了。他跑在一群氣喘吁吁的機關工作人員中間，覺得從來沒有這樣輕鬆自如過。一路上他把許多人甩得遠遠的，只有個很精神的中年人跟著他，還超過他兩三次，後來王一清把他也甩遠了，他衝到終點的時候，也沒有看見那個人。

王一清得了第一名。

市裡的記者採訪他，王一清談了些關於長跑的認識。見多識廣的記者沒想到長跑還有這麼多道道，要求王一清寫幾篇文章。王一清便結合著自己的實踐，寫了些東西，陸續發表在市報上。

過了段時間，王一清突然接到個民營銀行的電話。他很意外，除了薪水卡上那點錢，他基本不和銀行打交道，更別說和這種民營銀行了。

王一清和銀行的老總見了面，覺得他有些面熟，卻想不起在哪裡見過。老總一見他，就樂呵呵地說看到王一清的文章了，覺得真棒。王一清謙虛幾句，以為老總要他幫忙寫點東西。寫了多年材料，王一清經常遇到一些單位寫不了材料，付些報酬，請外邊的筆桿子來寫。但這種事情，一般辦公室的同志出面就可以了，用不著老總啊。

沒想到老總寒暄完，說，你跑得真快，跑了幾年了？

王一清這才想起這位老總就是馬拉松比賽上的那個中年人。

老總和王一清聊起跑步的事情。這是王一清跑步以來，第一次和人深入地聊這件事情。他很認真地談自己的感受。

中間，有位年輕的女孩進來給他們續了幾次茶。王一清沒想到他和這位老總居然可以聊這麼長時間的跑步。

聊完跑步，老總問起了王一清的工作和生活。王一清講了自己借調的事情。老總忽然問，你願意來我們銀行工作嗎？

王一清有些意外，愣了一下。

老總很認真地說他們是企業，不如公務員安穩，假如王一清調入市委部門，以後或許能擔任領導。但到他們這兒工作，收入、福利要比公務員高些，還可以給他找間房子住。

王一清聽到這些，心裡馬上同意了。他問想來就可以正式來嗎？他再也不想借調了。

老總說可以，他們是企業，可以自主應徵員工。只要王一清願意來，明天就組織次考試，他就可以來了。

王一清認真地盯著老總，問，你相信薩達姆被抓住了嗎？

老總握著他的手哈哈大笑起來。

一週之內，王一清辦妥了去民營銀行的手續。他想到終於可以離開這個借調了幾年的單位，心裡有種說不出來的輕鬆。

告別的時候，尹主任說，人才就是人才，金子放到哪裡都發光。已經辦完退休手續，來單位領住房公積金的鄭師傅看見王一清，興奮地說，我再開最後一次車，送送你吧，就喜歡你這樣憑本事吃飯的人。

走在路上，鄭師傅用羨慕的口氣對王一清說，別看這家銀行是個企業，收入比咱們高多了，我有個朋友的姪女在那兒工作，一年連薪水加福利，可以掙個十來萬，是咱們的三四倍。行政機關看見好，只是當官的洋氣。

王一清想起幾年前鄭師傅拉著他去省裡辦事，路上問，你難道連《新聞聯播》也不相信嗎？

王一清問鄭師傅，薩達姆真的被抓住了嗎？

鄭師傅說，這和咱們有什麼關係呢，這下你工作穩定了，好好幹吧！

過馬路是一件危險的事情

開家長會的那天，刮沙塵暴，天地黃漫漫一片。

朱青把最後一滴酒喝完之後，天地還是一片昏黃，沒有一輛車來洗。他害怕遲到了被兒子的老師說教，和老闆打了個招呼，提前一個小時離開洗車行。騎著那輛有些年頭的自行車，衝進漫天的風沙中，朱青想起黃泉、末日這些詞。四面八方都是濃重的黃沙腥味，他感覺空氣好像黏稠的金屬，硌得喉嚨難受。

一路上來往的車都不多，朱青想那些開小車的人也怕這種天氣啊。那麼他們出行是坐公交，還是也像他騎自行車，或者他們平時已經掙夠了太多的錢，遇上這種天氣，喝茶、打牌、唱歌去了。但應該也有辦事的車呀！可路上的車確實太少了。

平時，朱青騎自行車最恨那些開小車堵了他路的人。

經常遇到他們這邊已經綠燈了，那些主道上的小車還在往前挪動，這種時候，朱青一般不會給小車讓路，許多騎車的人也不會給小車讓路。他們騎著車像一排排小魚，彎彎曲曲穿行在每輛小車的縫隙中，不管那些開小車的人心裡有多急。他們心裡想的是，為什麼你們不等綠燈了再走，非要在黃燈時搶道。遇上主道塞車時，一些小車開到非機動車道上，朱青心裡更加痛恨，他想你們已經開上小車了，走起來比我們快多了，為什麼為了爭那三秒、五秒，一分、二分，非要亂走一氣，把後邊騎自行車、電動車、摩托車的人堵一大片。他覺得這樣開車的人都是一些愛投機的人，他盼望交警出來狠狠懲罰他們一頓，可是從來沒見過交警管這些人。遇到塞車，交警總是站在十字路口現場指揮，像一具玩偶。

今天路上沒有多少車，朱青可以痛快地往前騎，要是他願意，甚至可以騎上自行車走機動車道。經常有人為了好走，這樣走。但朱青是一個遵守規則的人，儘管路上沒多少車，他還是老老實實走在非機動車道上。可是他今天騎不快，風太大了。

朱青想，不會遲到吧？要是遲了，又要被老師說了。

想到這裡，他有些後悔，要是當初把兒子送到五一小學，可能兒子學習就不會吃力，接送兒子上下學或開家長會也不用這麼麻煩。可是一想到那個戴著眼鏡、滿臉斯文的辦事人張口就要一萬五的好處費，朱青就覺得不值得，不就上個小學嗎？

他用勁吐了一口嘴裡的泥沙，馬上更多的泥沙沖進嘴巴。朱青閉緊嘴巴，用勁蹬車。

到了五一小學的時候，校門口也沒有幾個人，平時那些擺攤賣本子、鉛筆、橡皮、紅領巾和小孩們愛玩的喜羊羊、灰太狼、熊大、光頭強等玩意兒的那些人不見了，那個個子大概只有一米五五，瘦瘦的，戴著個大警帽，總是愛笑的交警也不見了。

不知道什麼原因，朱青天生不喜歡警察這一類人，可是他很喜歡這個小個子交警。每天早上他送兒子上了學，路過五一小學路口的時候，總能見到這個交警。五一小學坐落在一條胡同裡，對面也有一個胡同，兩個胡同之間有一條馬路，可是路口沒有紅綠燈。學校是全市最好的小學之一，自然學生就多，有錢有勢的家長也多。每天早上上學時候，很是熱鬧，各種型號的車把馬路堵得一塌糊塗。

還有許多車停在路邊，家長下去送孩子；還有一些人逆行騎車去胡同裡送孩子。朱青每天大概七點四十分到這個路口，見到那個交警總是微笑著，伸手讓直行的車慢一些，然後拉住過馬路的孩子把他們送到馬路對面，再去接另一些要過馬路的孩子。他臉上總是帶著微笑，也總是在不停地忙碌。朱青一看到他，就有些小小的感動。

儘管在朱青這個年齡，很少有東西能感動他了，可他還是被這個交警感動了。憑他的閱歷，他覺得這個交警只是個最基層的「小」交警，這樣用心地去工作，肯定也撈不到啥額外的好處，可是從他身上能看到雷鋒、焦裕祿這些大人物的形象。

朱青每次看到這個交警，總要對他微笑一下，以示對他行為的讚揚。可是交警太忙了，從來沒有注意過朱青對他的微笑。現在沒有看到這個交警，朱青有些失望，又馬上想通了。他想這個人大概早上六點就到路上了，不可能一整天都站在路上。想到這裡，他希望現在這個交警正在美美地睡覺，或者陪著他的妻子、孩子幹點什麼。

拐過幾個紅綠燈之後，朱青舒了一口氣，往常他在這裡已經能看見八一小學教學樓的樓頂了。他的視力一直很好，前幾天陪兒子配眼鏡的時候，順便測了測自己的視力，還是2.0。當學生的時候，他的視力就是2.0，當時同學們說2.0的視力可以考飛行員。想到這裡他笑了一下。

朱青甩了甩腦袋，抬起頭看去，看不見八一小學教學樓的樓頂，風沙太大了。可是他卻隱隱約約感覺兒子站在四樓的窗口，朝他這邊張望。朱青有些心酸，要是當初花上一萬五讓兒子去了五一小學，或許兒子學習比現在好。

他想這次應該向老師提提意見，讓她給兒子換個座位。幾次兒子說同桌欺負他，弄得他不能好好聽課，他總是勸兒子再忍忍，多從自己身上找原因。其實他心裡想的是，自己把兒子從縣裡的學校轉到省城這所學校，沒有花錢，再向老師提要求豈不是自討沒趣？可老讓兒子受委屈也不是辦法呀。

又往前走了一段路，還是看不見八一小學教學樓的樓頂，但朱青越來越明顯地感覺到兒子的焦慮。朱青想，這次一定得和老師說，給兒子換個座位，給兒子找不下個好學校，換個座位要是也滿足不了，就真的太對不起兒子了。

朱青堅定了這個念頭，自行車蹬起來好像也輕鬆了些，再過一個紅綠燈，就是兒子的學校了。可是，忽然前面詭異地出現一長溜車，緊緊堵在一起，一排排馬達轟鳴著，像一條條擱淺在岸上的魚喘氣。更糟糕的是馬路牙子旁邊也停了幾輛車，車主不知道幹啥去了。朱青望著這些車，覺得一輛輛像一個個空空的棺材。

朱青等了大概七八秒，車流還沒有鬆動的跡象，不知道十字路口出啥事了。朱青心裡急了起來。這個時候，他特別盼望自己喜歡的那個交警出現，找到馬路邊停車的車主，讓他們把車開走，或者伸出手攔住路上的小車，領著他穿過車流。又過了幾秒鐘，車堵得越來越厲害。朱青彷彿聽見風沙中傳來兒子和老師說話的聲音，他說我爸爸馬上就到。朱青騎著自行車駛進主道的車流中，從一個縫隙竄進另一個縫隙。那些銀白的、黑色的、紅色的、綠色的、黃色的、咖啡色的車上都蒙上了一層細細的黃沙，像一隻隻泥土裡的爬蟲。那一瞬間，朱青盼望這些車永遠堵下去，堵到黃沙漸漸淹沒它們的車身，輪胎鏽掉，車身風化，發動機報廢，那些坐在車上的人一點點老去，他們的孩子在教室裡等他們開家長會，等到白髮蒼蒼。

朱青心神一恍惚，掛了前面一輛白色 BMW 的後照鏡，正打算停車看一下，聽見裡面喊，站住。他腿一哆嗦，不知怎麼腳就用勁一蹬，自行車繼續歪歪扭扭朝前跑去，一溜汽車的後照鏡發出稀里嘩啦的聲音。朱青知道這下糟了，更不敢停車，從一個縫隙裡橫穿到人行道上，沒命地蹬起來，然後拐進一條橫巷。這時他聽到一處建築物樓頂上傳來大鐘報時的聲音，四點了。他抬頭看了一下，看見了八一小學教學樓的樓頂，然後看見黑乎乎的窗格裡有一個小小的人影，他覺得那一定是他兒子。可是他不敢朝學校方向走，而是掉轉頭，從另一條巷子裡又竄出去，然後進了一個家屬院，看見後面沒有車，扔下自行車，躲進一處綠籬裡，一屁股坐在地上，大口喘氣。

等身上的汗漸漸落下去，他朝四面看看，確信沒有人，才騎上自行車朝學校走去。到了校門口，見有兩三個人影匆匆進了教學樓。他掏出手機來，看了看時間，四點十七分，離家長會還有三分鐘。朱青為剛才的行為內疚起來，掛了人家的後照鏡為什麼要跑呢？停下來道個歉，幫人家修一下，或者大不了賠人家個後照鏡。結果弄得掛了那麼多後照鏡，自己像個逃犯似的。朱青後悔起自己的行為，唯一使他欣慰的是家長會沒有遲到。

朱青進學校時，保安攔住他。朱青說開家長會，保安讓他登記一下。朱青匆匆把內容填好，進了學校，他看見操場上停著一輛白色的 BMW 車，嶄新的後照鏡上有一道新鮮的劃痕。朱青心裡緊了一下，猶豫了猶豫，想哪能那麼巧呢？他把自行車塞到操場的角落裡，回頭看保安，保安正狐疑地看他。朱青挺了挺脊背，朝教室走去。

路上想，或許不是這輛車，即使是，這輛車的主人也可能是其他班學生的家長。這樣想著走到教室門口，他聽見老師說，朱顏的爸爸還沒有到，咱們不等了，現在準時開家長會。朱青趕忙敲門。進去之後，所有家長和學生的目光都轉向他。他低下頭，貓著腰走到兒子旁邊，在左邊空著的板凳上坐下。兒子生氣地問他，爸爸，告訴你不要遲到，你怎麼還遲到了？朱青低聲道了歉，捏了捏兒子的手。教室裡瀰漫著一股沙塵的腥氣和孩子們身上特有的那種乳臭未乾的氣味。朱青朝兒子旁邊瞄了一眼，兒子的同桌是一個又高又胖的女孩兒，發紅的臉蛋上長滿雀斑，比兒子足足高出半個頭。朱青想，就是這個女孩兒欺負兒子。他朝女孩旁邊看了一下，女孩來的家長是一個年齡比他小些的女人，穿著一件牙黃色的風衣，戴著一副遮住半邊臉的茶色眼鏡，脖子又白又嫩。從她身上散發出一陣淡淡的清香，是梔子花的那種味道，讓朱青腦袋清醒了許多。女人發覺朱青看她，扭過臉來，手指頭上轉動著一把汽車鑰匙。朱青看到她手指上的鑰匙，心中一凜，忙把頭轉過來。兒子揪了他袖子一下，問，爸爸你看什麼呢？朱青感覺到兒子的不滿意，把臉轉向兒子。朱青看見兩個並排的小桌子，胖女孩趴在桌子上，手臂占了兒子桌子的一小半，兒子可憐地蜷縮在一邊，委屈地看著他。朱青想，今天一定得和老師說一下，給兒子換個座位。

老師在講臺上居高臨下地用目光巡視著學生和家長，朱青不由得把身子正了正，和老師對接了一下目光，然後低下頭去。越過幾條桌腿和兩個孩子的腿，他看到了女人的腳。女人穿著一雙銀白色的高跟鞋，沒有穿襪子，兩隻腳交叉著疊在一起，放在上面的左腳露出一條淡青色的筋，像一枝繡在白綾子上的梅花。朱青感覺腦袋嗡嗡直響。

老師開始介紹上個學期的情況，家長們都聽得很認真。她間或舉幾個學生的名字，表揚一下，偶爾也批評幾個學生。表揚學生的時候，朱青看見一些學生家長的背不由地挺了一下，眼睛也一亮。批評學生的時候，大多數家長沒什麼表情，個別人的背卻會塌下來。朱青一下想到「脊梁」這個詞。在學校裡，學習成績就是學生的脊梁。在社會上混，錢是人的脊梁，品德操守也是人的脊梁。朱青想剛才自己刮了別人的鏡子，背塌了一下。又想不是因為自己沒有車嗎？假如自己也開車，就不會刮了別人了。

假如自己開的是越野車，別人想刮他也刮不著。要是自己開一輛坦克，被別人撞了也不怕。老師說到課堂紀律的時候，說起了朱顏。他說朱顏其他方面都不錯，就是不會學習，課堂上注意力老不集中。兒子把頭朝朱青胸脯上靠了靠，帶著哭腔說，爸，她老干擾我。朱青制止住兒子的不滿，讓他聽老師說完。老師說完之後，兒子委屈地繼續對朱青說，每天一上課，她就欺負我，弄得我聽不進課去。

朱青看著眉清目秀的兒子，看見他那個胖同桌趁著他往這邊靠的時候，又把身子往這邊挪了一下，她幾乎大半個身子都放到兒子課桌上了。朱青想，到底是普通的一般小學，老師連原因也不分析，就責怪孩子。要是當初多花一萬五，去了五一小學，肯定不會發生這種事。

老師又說了半天，終於說完了。然後她問，哪位家長有什麼建議和想法，也說說。兒子把嘴湊到朱青耳朵上，說你和老師說說，給我換一下座位，她不僅上課欺負我，下了課也欺負我，老追著我打。朱青點點頭，卻發覺教室裡一下安靜了，比剛才老師發言時安靜一百倍。每個家長都面無表情地發呆，不像有話說的樣子。朱青朝老師看了一下，老師的目光空洞地注視著下邊，像在看所有的家長，又在像什麼也不看。朱青想等等再說，把頭扭向外邊。沙塵暴還沒有停，但聽不見風的聲音，只看見天空像一塊磨得發黃的細紗布，天色比以往這個時候暗了許多。

窗戶玻璃上蒙著一層細細的黃沙，仔細看裡面有些黑色的小顆粒。朱青想自己的視力是2.0呢。2.0有個屁用，還不是拿著水槍和抹布洗車？

兒子用肘子捅了一下朱青。朱青忽然想，自己2.0的視力怎麼沒有看到剛才那個女人的茶鏡上有沒有細沙子？

他把目光收回來，朝女人茶鏡上望去。他看見茶鏡乾乾淨淨，上面沒有任何細小的沙粒。

老師見沒有人發言，咳嗽了一聲清了清嗓子，說那就讓張鐵生的家長說一下吧。剛才被表揚最多的那個孩子的爸爸站起來，說了幾句。都是老師十分辛苦、十分負責這類話。朱青覺得這個家長會就要過去了，他有些遺憾，但鬆了一口氣。張鐵生的爸爸說完，老師問再有沒有家長發言？家長們又都表情呆滯。兒子踢了他一腳，說，爸爸！

朱青挪了挪腳，看見女人疊著的兩隻腳放平，露出光滑的腳踝。老師說，今天家長會就開到這兒吧。家長們站起來，往教室門外走。兒子揪朱青的衣服。朱青說，爸爸回去和你說。兒子眼裡滿是淚珠。

出了教學樓，天空更加昏暗了，像天掉了底子，漏下些灰撲撲的東西。兒子的同桌微笑著和兒子說再見，兒子扭過臉不吭聲。朱青對兒子說，同學和你說再見呢。兒子還不吭聲。他不好意思地朝女人笑了一下。女人掏出兩個白色的口罩，給女兒戴上一個，她自己戴上一個。女孩戴上口罩，那張胖紅的臉一下遮住，露出兩隻明亮的眼睛，他發覺小女孩不像剛才感覺那樣討厭了。女人戴上口罩，加上那個大眼鏡，把臉都遮住了。朱青突然感覺自己安全了，他長出了一口氣。

女人領著孩子朝那輛白色的 BMW 車走去。朱青蹲下身子給兒子拉上衣服上的拉鎖，說今天天氣冷。孩子用勁掙脫他，把拉了一半的拉鏈一下都拉開，說，我不冷。眼淚掉下來。朱青拍了拍兒子的腦袋，看見校門口的一盞路燈亮了，像漫天的黃沙中開了一朵瘦弱的小黃花。

BMW 車發動馬達，出了學校。朱青說，兒子，回家爸爸給你解釋。孩子把頭一扭。

朱青載著兒子走在回家的路上，路過「六味齋」的時候，他眼睛一亮，說兒子你想吃啥，爸爸給你買點好吃的。孩子的臉上有了絲笑容，把大書包從車筐裡取下，推開那扇沉重的玻璃門，等朱青鎖車子。朱青剛把車子鎖好，一下看見那輛白色的 BMW 車停在旁邊的一個車位上，後照鏡上那道劃痕還是那麼醒目。朱青想，見鬼。他用勁招呼兒子過來。兒子不解地放開玻璃門，不高興地朝他走過來。朱青看見玻璃門關的一剎那，從上面反射出一道女人的身影。他趕忙讓兒子坐上自行車，往前馳去。兒子吃力地把書包抱緊，生氣地說，爸爸，你幹嘛呢？朱青說，爸爸覺得「一手店」的肉更好吃，咱們去「一手店」吧。兒子說，我覺得「六味齋」的也好吃。朱青目光瞄著路兩邊，看見一家裝飾成大紅色的「一手店」鋪子，說咱們去那兒買。朱青把車推上馬路牙子，招呼兒子下車。兒子不情願地挪動著身體，說我要吃辣雞翅。朱青點點頭說，行。他把車子停好，拉著兒子的手往「一手店」裡走，忽然聽見身後傳來剎車聲，然後看見那輛白色的 BMW 車駛上路牙子，堵住他的自行車。朱青的腳步不由停下來，兒子抬起頭疑惑地望著他。

車門打開，小女孩先從副駕座位上出來。兒子叫了一聲她的名字，顯然不生她的氣了。女孩跑到兒子身邊問，朱顏，你們買東西？這時女人從車的另一邊下來。朱青不由往前跨了一步，怕兒子受傷害似的把他擋在身後。女人沒有像朱青想像中那樣大發雷霆，她盈盈一笑，說，你家孩子和我家孩子是同桌呢。你家朱顏學習好，希望他能多幫助一下我家孩子。女人說著話，走到朱青的自行車旁，接著伸出一根白皙的手指，好像無意識似的拉了拉自行車後座上纏著的一根白色尼龍繩。朱青看了看那根尼龍繩。

那是去年在一家搬家公司幹活時，過中秋節老闆給他們每人發了一袋子蘋果。朱青往回載的時候，用一根捆了啤酒的尼龍繩把它綁了一下。回家放下蘋果後，覺得以後再綁東西或許還能用得上，便把它纏在自行車後座上了。現在，這條尼龍繩磨出了一些細絮，一條稍長的在風中飄來飄去，像蛇吐出的信子。

朱青望了望兩個孩子，他們似乎沒有意見了，兩個人在愉快地說著學校的什麼事情。朱青覺得自己在學校沒有和老師說孩子座位的事情是對的，孩子們的事應該讓孩子們自己解決。朱青往自行車旁走去，聞到了女人身上的香味。他長吸了一口氣，瞄了瞄女人細長的手指，把那條尼龍繩解下來，說，沒用了，丟在地下。女人蹲下身子，把尼龍繩撿起來，扔進幾步遠的垃圾桶裡，然後輕輕地說，以後騎自行車慢點，最起碼多為孩子想想。

朱青想說句什麼，卻什麼也沒有說，目光轉向自己的兒子。

兩個孩子像商量好似的，女孩對女人說，媽媽，快回家吧，我還要寫作業。男孩朝朱青說，爸爸，趕緊回吧，今天的作業還沒有寫完。朱青聳了聳肩膀，說對不起，從口袋裡掏出錢夾。女人已經招呼孩子上車了。女孩朝朱顏說再見。女人說，一手店的紅腸挺好吃，給孩子買點。她上了車，發動馬達。晚上，兒子一個接一個啃小雞翅，啃完一個就問朱青，爸爸，真好吃，我可以再吃一個嗎？朱青說可以。他慢慢嚼著紅腸，裡面蒜泥的香味讓他想起女人身上的香水味，他想難道她也愛吃這個嗎？

第二天，朱青送了兒子上學，路過五一小學的時候，看見路口又堵成一片，那個小個子交警邊指揮來往的車輛，邊急切地跑到馬路對面接孩子們過馬路，他臉上洋溢著笑容，牙齒雪白。朱青對他微笑著打了個招呼，他沒有看見。

這天晚上放學後，朱青接兒子的時候問，今天你同桌沒有欺負你吧？兒子嘟著嘴說，怎麼沒有呀？上英語課的時候，我在認真聽課，她卻不停地向我借橡皮。朱青說，你借給他不就得了。我借給了，可是老師批評我不認真聽課。朱青說，以後告訴她上課不要和你說話。兒子說，我說了呀，可是她太任性了，根本不聽。她媽媽都讓我們老師多管教她。

爸爸，聽說她家是我們學校最有錢的。她就是因為任性，學習不好，才從五一小學轉到我們學校來的。好像校長是她家的親戚。朱青說，你以後小心點。可是他也不知道讓兒子小心什麼。

從此，兒子隔三岔五對朱青說，爸爸，同桌欺負我，你和老師說說，給我換個座位。朱青開始還緊張，兒子一說，他就問，她怎樣欺負你了?可是都是些芝麻蒜皮般的小事。時間久了，朱青聽得麻木，也就不怎麼當回事了。

一天下午，學校突然打來電話，說兒子磕著了，讓朱青去學校。朱青趕忙騎上自行車往學校跑。到了學校，兒子在老師辦公室，班主任張老師正安慰他。看見朱青來了，她說你兒子下課時不小心被同學絆了一下，他一直說手腕疼。我已經給那個孩子家長打了電話，她馬上就來。

張老師的話剛說完，辦公室傳來敲門聲。張老師說，正好來了。朱青看見了兒子同桌的媽媽，她穿著一條亞麻質地的裙子，棕色涼皮鞋，戴著茶色鏡子。朱青一看見她，就想起上次蹭車的事情，不由衝她笑了一下。她沒有回應朱青，而是問張老師，發生啥事了?張老師說，你家小孩下樓梯時不小心把另一個小孩推了一把，碰了一下。

朱青問兒子，你哪兒疼？兒子流著眼淚說，手腕，還有頭。張老師說，你們兩個家長商量一下，看怎麼辦？朱青問兒子，還疼嗎？兒子說，疼得更厲害了。張老師說，那去檢查一下吧。朱青怕兒子骨折，也點了點頭。

出了教學樓，女人問，你怎樣來的？朱青說，我騎車。女人說，一起坐我的車吧，去中心醫院檢查一下。他們上了那輛白色的 BMW 車，不知怎的，朱青感覺有些發窘。後照鏡換過了，跟新的一樣。女人駕車，兒子同桌坐在副駕座位上，朱青和兒子坐在後排。一路上誰都不說話。朱青雖然在洗車行工作，可坐 BMW 還是第一次，他摟著兒子，覺得坐 BMW 車好像就是比別的車快一些。

到了中心醫院，女人掛了號。骨科的一位戴眼鏡的年輕醫生給兒子摸了摸手腕，又叩了叩，說沒事，只是折了一下。朱青問，不是骨折吧？醫生說，不是，如果骨折了，應該腫起來了。朱青說，他頭還疼。醫生摸了摸，笑著說，沒事。然後開了些消炎藥。女人劃了價，取上藥，問朱青，你們去哪兒？朱青說，把我們放學校吧。女人發動車。

朱青問兒子，還疼嗎？兒子說，好多了。快到學校的時候，女人忽然掏出五十元，給了女兒說，給叔叔，讓他給小朋友買箱奶。朱青趕忙推辭，說，我們家有奶。檢查一下誰都放心，要不萬一有個什麼事情……女人冷笑了一下，把錢從女兒手裡接過來，用兩根手指夾住伸向後面，說，拿著吧。朱青說，我們不要！小女孩突然說，媽媽，下樓梯的時候，後面有人推我。女人怒聲問道，誰推你，你為啥不說？朱青摟著兒子，一到校門口，趕緊下車。

晚上灾了家裡，睡覺的時候，兒子說，爸爸，我的手臂和腿都磕著了。朱青像女人那樣問道，你為什麼當時不說？兒子說，那時手腕和頭疼得厲害。兒子脫了衣服，朱青看見兒子的手臂肘子蹭破了，一大塊血跡。膝蓋也蹭破了，還有瘀青。他生氣地說，你為啥去醫院的時候不說呢？朱青心疼兒子，又為受了女人的搶白和侮辱生氣。兒子不吭聲，又要掉眼淚了。朱青說，我現在就給你們張老師打電話，讓她給你調一下座位。

朱青撥電話，張老師的手機關了。

朱青開始發簡訊，他想張老師第二天早上一打開手機就可以看到簡訊。

第二天早上，送兒子上學的時候，朱青還是沒有收到張老師的簡訊。他打電話，張老師手機開了，但是沒人接電話。

朱青把兒子送到學校，又打張老師的電話，還是沒人接。

走到五一小學的時候，朱青看到馬路上各種車輛又堵在一起，而且不光非機動車道上停滿了車，就連緊挨著非機動車道的那條車行道也停滿了車，許多家長把車停那兒，領著孩子去學校。那個矮個子交警笑嘻嘻地接送過馬路的孩子。這次，朱青不像平時那樣感覺他高尚。他想交警要是嚴格執法，把停在非機動車道和行車道上的車都趕走，路就不會這樣堵了。而且假如國家真替老百姓考慮，在路口安個紅綠燈，就不需要這個交警接送了，學生們過馬路也更安全了。有了這種想法，他心裡不由生出一股怨氣。

朱青順著行車道旁邊的馬路往前走，因為堵了兩條道，人們只能這樣走。朱青忽然感到一陣發涼，一輛黑色的奧迪車掛了一下他的衣服，然後擦了他的車把，繼續往前駛去。朱青感覺一陣後怕。等他反應過來，那輛奧迪已經在前邊調了頭，往反方向走去。朱青看見它的車牌是JBXX678。一陣怒火從朱青心頭升起，他想你們有錢就占我們的道，你們有錢就不把我們的命當回事？他把自行車扔在馬路邊上，衝進旁邊的一家茶葉店，拿起一條裝飾用的扁擔，狠狠地朝馬路上亂停的汽車後照鏡打去，邊打邊想，沒人管你們，我來管，我來替天行道！這時，朱青的手機響了起來，他想掏出來看看是不是張老師回電話了？

矮個子交警和幾個車主跑過來，緊緊抱住朱青的手臂，把他摁在地上。

單人床

下了一整天的雨，傍晚時停了，天氣有點涼。

陳多寧吃過飯，電熱水器裡加好水，插上電源，躺在床上讀卡夫卡的《老光棍布魯姆費爾德》。他讀到布魯姆費爾德一打開門，看到兩個小球在地板上不停地跳來跳去，跟在後面模仿他，挑逗他，他怎樣也抓不住。陳多寧覺得疲憊和絕望，他想起自己相處過的那些姑娘，那種無力的感覺攫住了他。

這時他的手機響了，李小平邀他出去喝酒，說已經到了他家樓下。

李小平叫他喝酒，總是過了飯點，彷彿他忙得才停下來。但陳多寧一次也沒有拒絕過，因為他喜歡李小平。現在李小平的生意做得順風順水，卻見縫插針讀起了在職研究生，陳多寧覺得他是個有理想的人。

陳多寧從床上爬起來時，床發出吱吱扭扭的聲音，他想該找人來修一下。他拔插頭時，水咕咚響起來。陳多寧下了樓，打了個哆嗦，感覺衣服穿得少了。

李小平站在賣防盜門的臺階上，正在和一個女人聊天。

看見陳多寧，和他打招呼。「這是我的同學高麗，你們可能見過面。」他向陳多寧介紹。

陳多寧打量了一下高麗，感覺有些失望。她長得太普通了，像路上隨便一腳就能踢出一塊的那種石頭。他們握了手，高麗的手很乾燥，也很粗糙。

李小平說：「我家附近新開張了一家大連海鮮館，聽說味道不錯。咱們去那兒吧？」陳多寧瞧了瞧李小平身邊的高麗，覺得她今天應該是主角。高麗說：「行啊，吃啥都行。」

李小平家離這兒不算遠，他們便走著過去。馬路溼漉漉的，有的地方還在淌水，隔一段地方，可以看見一個小水坑。路過一家擔保公司時，門口都是水。李小平拉著高麗的手，踮著腳尖走過去。李小平的鞋溼了，褲腿也溼了一圈。

高麗的高跟鞋上黏了一塊透明膠帶，膠帶上黏了一個泡麵袋。李小平讓高麗站住，用腳貼著她的鞋跟踩住那塊膠帶，泡麵袋從高麗腳上掉下來，被水沖走了。陳多寧看著他倆偎依在一起的樣子，正發怔時，沒注意自己的鞋溼了。

他們到了海鮮樓。陳列海鮮的一樓大廳非常冷清，水箱裡的魚、蝦等東西死了一樣不動，冰塊上面有幾隻蒼蠅嗡嗡亂飛。高麗說，不要點辣菜。陳多寧最愛吃辣菜，但他沒有吭聲。最後他們點了一盤爆炒蛤蜊，不要辣椒。三對對蝦。一段秋刀魚。還有幾個蔬菜。李小平說，高麗帶了一瓶好酒。

領位員帶著他們上了二樓。二樓同樣冷清，大概二百平方公尺的餐廳裡，只有一桌人在吃飯。他們挑了靠窗戶的一張桌子。

高麗掏出她帶的酒。這是一個明黃色的、爬滿龍的瓷瓶子，看起來很誇張。陳多寧從來沒有見過這種酒瓶，他問：

「這是什麼酒？」

「我也不知道，朋友說挺貴的，勁也挺大！」高麗說。

「勁大就好，肯定是好酒！」李小平說。

陳多寧接過酒瓶，上面除了飛舞著的龍，沒有一個字。

他想起一位朋友收藏酒瓶。

這時高麗說：「喝完酒我還得把瓶子拿回去，我答應朋友喝完把酒瓶送回去。」

李小平倒酒時，高麗說：「你敢喝嗎？」

陳多寧有些驚詫地望著李小平。他這位朋友一向好酒量，性格也痛快。

李小平不好意思地說：「身體出了點小毛病，但已經沒事了。」

還沒有等陳多寧問什麼毛病，高麗說，他做了個痔瘡手術。陳多寧想到剛才高麗不讓點辣菜，覺得她挺會體貼人的。

李小平用分酒器給三人每人倒了一杯，說：「咱們把這瓶酒分著喝完。」

高麗把李小平杯子裡的酒給自己杯子裡倒了一些，她的酒杯滿得快溢了出來。陳多寧覺得有些微微的感動，他很少見到喝酒這樣痛快，又肯照顧人的女人。

酒果然是好酒，入口的時候很綿，喝下去卻像一團火在肚裡燒。陳多寧一下覺得不冷了。

高麗原來是陝西人，讀完法律專業研究生考公務員來到山西，現在和李小平一個班又讀在職工商管理研究生。陳多寧不由多打量了她一眼，拿她與自己接觸過的那些女孩相比，竟發覺她身上真比自己認識的那些女孩多一點點東西，具體什麼，他說不上來。

因為這一點點東西，陳多寧認真聽李小平和高麗聊天。

他們聊班裡的事情。考勤、上課、作業……陳多寧沒想到在職研究生也有這麼認真讀的。他望著兩個「好學生」，發現李小平看高麗的眼神裡藏著一種罕見的柔情。他想李小平一定非常喜歡高麗，他們要是都沒結婚，倒是挺般配的一對。

把瓶裡的酒分別勻到三個杯子裡後，高麗又把李小平的酒往自己杯子裡倒了一些。陳多寧呵呵笑著望李小平。李小平笑著說：「你看我幹啥？」陳多寧沒有回答。他想高麗一定是個非常能幹的女人。

對蝦和一盤蛤蜊差不多已經吃完了。秋刀魚和蔬菜卻還有不少。高麗把酒瓶放包裡說：「這裡的蛤蜊做得不錯！」

李小平叫服務員再來一份。高麗阻止，李小平還是堅持點上。只是上次點的是花蛤，這次點了一盤白蛤。他說：「咱們嘗嘗白蛤和花蛤有什麼不一樣。」

快到十點的時候，杯子裡的酒只剩下一口了，新上的蛤蜊也吃得剩下零星幾隻。李小平說：「咱們喝完杯子裡的酒撤吧？」高麗用勁揮著手說：「沒事，今天孩子送到婆婆家了，再喝點啤酒吧。」陳多寧想問一下高麗，她的丈夫是幹什麼的？但他沒有問。

李小平要了三瓶啤酒。

高麗說：「咱們把馬慶才叫來吧？他就住在附近。」

李小平為難地說：「已經十點了，我打電話他恐怕不出來。」

高麗痛快地說：「我來打。」她從包裡掏手機的時候，動作的幅度很大，順著手機掏出一隻口紅和半包衛生紙。陳多寧感覺她喝多了，他能聞到她嘴裡呼出來的濃烈的酒味。

過了快半小時了，馬慶才還沒有到。飯店服務員已經收拾完另一個桌子的東西，把餐廳裡的大燈關了，只等著他們。

李小平說：「他不來咱們走吧。」

高麗說：「他一定來！十點半，好嗎？等到十點半，他不來咱們就走。」

李小平又要了三瓶啤酒。

對面牆壁上的分針指向6的時候，樓梯口傳來腳步聲。

高麗欣喜地說：「馬慶才來了。」

一個看上去很年輕很帥氣的男人夾裹著一股寒氣上來了。他一坐下就喊冷。陳多寧看見他上身只穿著一件花花公子半袖T恤。

李小平喊：「服務員，加菜。」

「廚師下班了。」一個懶洋洋的聲音回答。

馬慶才說：「我已經吃過晚飯了，過來看看你們就行。」

李小平說：「上啤酒。」

馬慶才說：「吃海鮮不能喝啤酒，會得風溼病。」他要了一小瓶勁酒。

高麗問：「你怎麼才來？」

馬慶才說：「我已經睡下了。接了你的電話爬起來走過來的。」

李小平把陳多寧和馬慶才介紹了一遍。這個男人也是他們研究生班的同學，父親是某市的副市長，自己是北京一所名牌大學畢業，三十出頭就做了一家煤炭企業的處級幹部。

陳多寧感覺他身上幾乎有所有少年得志的人身上的那種東西，自信，聰明，故意表現出一種謙虛卻掩飾不住的驕傲，感覺對你好但又讓你覺得虛情假意。他不喜歡這個人。

馬慶才開始滔滔不絕講自己坐著只能載六位乘客的飛機去歐洲旅遊，打高爾夫球時應該喝什麼茶……他說幾句，用筷子從盤子裡翻一隻蛤蜊吃。一會兒工夫，盤子裡一隻蛤蜊也沒有了，只剩下些蔥段和大蒜。秋刀魚也被翻過來，啃得只剩下骨頭。蔬菜卻幾乎沒有動。他剛進來時因為冷有些發白的臉現在變得紅通通的，嘴上都是油光。高麗的眼睛亮晶晶地盯著馬慶才，彷彿他嘴上的油塗到了她的眼睛上。陳多寧覺得大概高麗嚮往的生活或奮鬥的目標就是這樣。他想自己的女朋友萬一結婚後也希望過上這樣的日子怎麼辦？他一下感覺十分恐懼。此時李小平已經一句話也插不上了，他把頭靠在椅背上顯得十分疲憊。陳多寧不知道為啥有了今天這個鬼飯局，他感覺自己瞌睡得要命。

十一點的時候，飯店服務員打了一個長長的哈欠。彷彿提醒了陳多寧，他不顧禮貌也跟著打了一個哈欠，想今天什麼也說不成了。他懷念以前和李小平喝了酒，兩個人一起對著一棵樹，邊撒尿邊咒罵生活的日子。那個時候，他們好像最能說到一塊兒。

忽然高麗尖叫了一聲，她說：「過了十一點我家小區的大門就關了。」

李小平問：「你沒有配把鑰匙？」然後他說，「那趕緊回吧！」

馬慶才卻說：「反正已經十一點了，回去也關了門了，不如盡興吧。回去再叫門。」

他呼喊服務員繼續上酒。

陳多寧想起老光棍布魯姆費爾德獨自一人上樓梯時的那種孤獨。他住的單元樓樓道裡的燈全壞了，這個時候，大概人們也都睡覺去了。他想到一會兒自己要摸著黑爬上六樓，一絲孤獨和絕望湧了上來。

這時馬慶才的手機響了，電話裡有孩子的哭聲，一個女人催他趕快回家。馬慶才嘴裡答應著，掛了電話催服務員趕快上酒。樓下傳來酒瓶碰撞的咣噹聲，服務員上樓的時候酒瓶隨著她的腳步咣噹響。她把三瓶啤酒和一瓶勁酒打開，重重地放在桌子上。陳多寧感覺自己喝多了。

馬慶才繼續滔滔不絕地講著。陳多寧感覺他的聲音好像浮在海面的一艘船，只在動，他說什麼，他一句也聽不清，只看見他的兩片嘴唇一上一下，中間不時出現一排閃亮的銀絲。陳多寧想起《老光棍布魯姆費爾德》中那兩顆自己不停跳動的球，他覺得現在就找到一顆。他相信馬慶才會永遠說下去。

他們出了酒店時，背後馬上響起咣的關門聲。陳多寧感覺那顆球還在蹦。

周圍的其他酒店早已打烊了，天空出來幾顆星星，很模糊，似乎也在蹦。

大家互相握了手，李小平家就在附近，他轉身先走。陳多寧發覺他的神情有些黯然。碰上誰也是，和自己喜歡的女孩聊天，卻插進來這麼一位不知趣的傢伙。

留下他們三個人後，馬慶才說：「我家住得不遠，我要散散步醒醒酒。」

高麗說：「你們沒人送我，讓我這麼晚獨自一人回去？」

陳多寧望馬慶才。馬慶才的手機響了。他掏出來看了看，沒有接。他說：「我出門時沒有帶錢。」

陳多寧忽然看見幾個小時前，高麗一個人抱著一瓶酒，在雨後的大街上找自己的同學。

陳多寧一下衝動了。他說：「我送你，咱們順路。」

馬慶才馬上沖陳多寧說：「你們順路我就放心了。你一定要把高麗送回家，她喝高了。」

陳多寧沒有吭聲。過來一輛計程車後，他拉開後車門。

高麗沒有和馬慶才擺手打招呼，直接就上了車坐到裡面，給陳多寧騰出一個位置。陳多寧上車後，對司機說：「往前走。」

馬慶才被甩在了黑暗中。

過紅綠燈時，陳多寧問：「高麗，你家住哪裡？」

高麗腦袋一歪，靠在陳多寧肩膀上打起了呼嚕。

「你朋友喝多了。」司機說。

陳多寧苦笑了一下，招呼司機往左拐。他推了高麗幾把，高麗睡得很香，一翻身抱住了陳多寧。她嘴裡的酒氣噴在陳多寧臉上。陳多寧想今天真怪，自己喝多了還能聞到高麗的酒味。他指揮司機左拐，右拐，左拐。到了他家小區門前時，高麗還沒有醒來。陳多寧架著她下了車，付了車錢。

他搖晃著高麗說：「到我家小區了，要不在我家待一晚？」

高麗身子重重的要坐到地下去，陳多寧只好架著她往六樓爬。樓道中間黑乎乎的，偶爾從防盜門裡傳出放電視的聲音。高麗的身子不住地往下滑，好幾次陳多寧往起架她的時候，不小心觸到了她鼓鼓的乳房。她包裡的酒瓶像一顆炸彈，陳多寧想起上面那張牙舞爪的黃龍，害怕把它磕碎。爬了好久，不知道到了幾樓，陳多寧想一屁股坐到地上。他聽見自己的心咚咚在跳，頭越來越沉。他想起那兩顆不停地蹦的小球，覺得自己再使勁爬也爬不到六樓。

他大喊：「停下來！」

開了燈，陳多寧把高麗放到自己的單人床上。床響了幾下。陳多寧想這張床應該修一修了。

高麗睡得很沉，不時緊一下眉頭。陳多寧想她可能難受。他幫她把鞋脫了。脫鞋時，他想起李小平和高麗偎依在一起，幫她弄鞋底上的透明膠帶，他甩了甩頭。

高麗穿著一雙透明的低腰絲襪，能看到抹成金色的腳趾甲。陳多寧又幫她把包從肩上摘下來，摘的時候衣服滑了一下，露出一條細細的黑色乳罩帶，深深勒進她的肩膀裡。陳多寧怔了一下，把鼓鼓囊囊的包放在門口一把椅子上，那個瓶子沒問題。

接下來，陳多寧想自己應該熱點水。他往廚房走，忽然眼前一陣發黑，他感覺自己輕飄飄的，像一枚從樹上落下的葉子。他想抓住點什麼，結果無助地倒在床上，倒在軟綿綿的高麗上面。陳多寧感覺很舒服，但他覺得應該挪一下身子，再把燈關了，可是他輕得沒有一點力量，他搬不動自己。

……

「救命啊！救命啊！救命啊！」

陳多寧被尖叫聲驚醒的時候，覺得屋子裡白花花的，發現自己趴在一個女人軟綿綿的身上。他也「啊啊啊」地尖叫起來。然後看到身下那張越來越清晰的臉，是晚上一起喝酒的高麗。尖叫聲不停地從那張臉上發出來，像一個壞掉的報警器。他想到這是深夜，沒有再往下想，抱住那張臉，把自己的嘴堵在那張嘴上。一股濃烈的酒味從那張嘴裡噴出來，勾起了陳多寧肚子裡的酒，他一陣反胃，來不及爬到床邊，只能把頭一扭。一堆東西從他嘴裡吐出來，吐在那張臉邊的枕頭上，有幾滴東西濺在那張臉上。陳多寧內疚地抬起手來，想去擦那幾滴東西，他認不出來那些黏糊糊的東西是什麼玩意兒。昨天晚上他們沒有吃主食。

「啊！啊！」那個聲音繼續尖叫著，聲音更大了。高麗使勁扭著身子，要爬起來。陳多寧用勁緊緊抱著她，他腦袋裡嗡嗡地亂叫，他聽到一陣警報聲從樓下的馬路駛過，牆上的鐘敲了兩下，隔壁人家好像有人在開燈。陳多寧想可能整個單元的人都被吵醒了。他不知道該怎麼辦，只能牢牢地抱著這個身子。他的腳觸到了高麗腳上滑滑的絲襪，感覺到一絲涼意。然後看見了她的半個乳房，上面有一顆紅痣，像一顆隨時要滾落到荷葉下面的露珠。陳多寧不相信那是真的，他伸出舌頭舔了一下，身體下邊的聲音更加尖銳了。床瘋狂地亂叫。隔壁傳來沖馬桶的聲音，馬桶好像壞了，聲音老不停。

陳多寧說：「你不要喊了，咱們什麼也沒有幹！」

馬桶裡還在流水。

陳多寧說：「你不要喊了，大晚上的。我什麼也沒幹！」

有人揭起馬桶蓋，鼓搗了一下裡面的什麼東西，流水聲音停了。

陳多寧大聲說：「你不要喊了，這是深夜，我沒有幹你！」

有人好像踹了一下牆，聲音忽然停止了。

陳多寧想起李小平孤獨的背影，馬慶才說他出門沒有帶錢，然後聞到屋子裡一股酒味和臭味。他爬起來時，床又開始在叫。陳多寧想，明天，不，天亮之後一定把這張床修理一下。他打開窗戶，一股涼氣鑽了進來。

陳多寧去洗手間插上熱水器的電源，把溫度設置在40度，端了垃圾桶和臉盆過來。他感覺頭有些疼。

高麗已經穿好鞋子，垂著頭抱著包坐在椅子上流淚。陳多寧把床單撤下來扔進垃圾桶裡，用毛巾擦了一下枕頭，扔進垃圾桶裡。他開始墩地。熱水器的蜂鳴警報響了。陳多寧去洗手間拔了電源，對高麗說：「去沖個熱水澡吧，黃色毛巾可以用。」高麗放下包進了洗手間，一會兒裡面傳來水流的聲音。陳多寧找了乾淨的純棉T恤和半腿褲放在洗手間門口的椅子上。他繼續墩地。

高麗沒有換陳多寧的衣服，她把頭髮擦乾之後，呆呆地在地上站著。

陳多寧把被縟展開，說：「睡吧。還可以睡四五個小時。」

他轉身進了洗手間，用剩下的熱水沖身子。

外面傳來一聲憤怒的尖叫，然後是瓶子摔在地上的聲音。

陳多寧身上還有些泡沫的時候，沒水了。他加了點涼水，把身上的泡沫沖乾淨。刷了牙。把內褲、背心等衣物扔到盆裡，穿上剛才給高麗準備的衣服。

高麗已經鑽進被子，身子背對著外面，似乎在發抖。那個黃色的瓶子碎成好幾片，一隻龍頭衝著陳多寧，瞪眼睛。

陳多寧把碎酒瓶撿起來放桌子上，拼了兩把椅子，拉滅燈，躺到椅子上後，感覺從窗戶吹進來的風有些涼，但他一點兒也不想動了，便縮了縮腳，把身子蜷成一團。

早上，陳多寧被床上翻身的聲音驚醒時，他夢見自己正在舉行婚禮，新娘穿著雪白的婚紗，腳上的襪子一隻長，一隻短，李小平、高麗、馬慶才手裡都捧著一束鮮花，衝他微笑。他在椅子上又蜷了會兒，去關窗戶。天已經濛濛發亮，清潔工們在打掃馬路。他躺回到椅子上，感覺到暖和了些。

過了一會兒，床上的人起來了，進了洗手間。裡面響起窸窸窣窣的聲音，然後是沖馬桶的聲音，洗臉聲。陳多寧拿起那幾塊瓶子的碎片，看見有的地方有紅色的血跡。

高麗從洗手間出來，左手食指上纏著一圈衛生紙。

陳多寧問：「昨天劃破手了？」

「嗯。」

「為啥不說呢？」

「嗯。」

「我昨天喝多了，對不起。」陳多寧說。

高麗甩了甩頭，彷彿要把昨天的一切都甩掉。

陳多寧看見她臉有些浮腫，眼袋發黑。他說：「你還可以再休息一會兒，我去弄點吃的。」

高麗說：「昨天，我一晚上沒有回家！」

陳多寧不知道該說什麼，他煮了兩包泡麵，荷包了雞蛋，放了香菜。吃飯的時候，陳多寧說：「昨天真的對不起。」高麗呼嚕呼嚕吃麵，一滴眼淚掉進碗裡，她趕緊擦了一下眼睛，對陳多寧笑了一下。

陳多寧送高麗出門的時候，隔壁屋子的門開了，一個頭髮謝頂的大胖子走出來，陳多寧從來不知道隔壁住著這麼大的一個胖子，他一個人幾乎能把樓道塞滿。陳多寧想昨天是不是他踹牆壁呢？大胖子對陳多寧擠了擠眼睛，悄悄豎了一下大拇指。

高麗和大胖子一前一後下了樓。陳多寧把所有的窗戶都打開，新鮮空氣從四面八方流淌進來。時間還早，但陳多寧睡不著了，他換上運動鞋，來到附近的公園裡。晨光下，一群老頭老太太在慢悠悠地打太極拳，幾個年輕人在踢毽子。

健康步道上，一個女人把外衣繫在腰裡，用勁往前走著。她的步子輕快而敏捷，像一隻豹子。陳多寧有了分好奇，想瞧瞧這個女人是一個年輕女孩，還是一位上了年紀的女人。他跟在女人後面往前走，可是很快女人把他甩下一大截。陳多寧有些不甘心，他小步跑了起來，還沒有等到追上這個女人，他就累得氣喘吁吁。他不相信自己追不上這個女人，又快步走起來，可是不管他走多快，就是追不上前面那個女人。她根本不知道後面有人想追上自己，只是步子很輕快地往前走著，超過前面幾個扛著魚簍準備釣魚的人，超過推著平車的園丁，超過……拐過一叢丁香花後，陳多寧已經和女人拉下了很遠的距離。然後他看見女人彷彿越走越快，最後消失在晨光裡。

陳多寧回了家，把小區的修理工叫來，告訴他說：「這張床我不要了，你帶走吧！」修理工疑惑地看著這個僅有一張單人床的屋子，開始拆卸床板。他把床弄走之後，陳多寧開始打掃屋子。他把每一個角落都認真打掃了一遍，在放床的地方發現了一串鑰匙和一個保險套。鑰匙是他和一個女孩分手之後新換的，當時怎樣也找不到，以為它們丟了。他還發現了幾塊白色的碎瓷片，小心地把它們拾了起來，和昨天晚上的那幾塊瓷片放一起。陳多寧仔細墩了地，擦了玻璃，洗了被套、床單和髒衣服。

晚上，陳多寧換了一張結實的雙人床。他躺上去試了試，又站起來在上面跳了跳，床穩穩地站在地上，沒有發出以前那種令人不安的吱吱扭扭聲。陳多寧鬆了口氣，這麼大一個問題就這樣解決了。

半年之後，陳多寧結婚了。這個女孩長得一般，身材一般，工作一般，家庭一般，就是走起路來特別快。李小平來他家裡的時候，問道：「你記得一次吃飯時我帶的那個叫高麗的女孩嗎？」陳多寧望了一眼窗臺，上面放著一個黃色的瓶子，上面歪歪斜斜有幾道黏著膠水的痕跡，能看出上面有幾條龍。

水到底有多深

上次去游泳是夏天的事情。

天氣非常熱，空氣中到處瀰漫著柏油路晒化後的臭味和燒烤攤子上飄來的羊膻味。

李山和甘藍一早出發去大學城。這是一條戶外騎行的好路。他們沿著靠近河邊的路走。早晨涼爽的風吹得甘藍的百變頭巾緊緊貼在臉上，使得她的眼睛看起來更亮，熟悉的五官變得有些神祕。

一小時後，他們已經把炎熱的城市遠遠拋在後面。河道裡可以看見青翠碧綠的草灘和一汪汪幽深的水潭。不時出現幾座帳篷，一些人在釣魚。這裡已經完全跟城裡那規劃整齊的濱河公園大不一樣了。

快到高架橋的時候，李山看見河裡出現一隊游泳的人，他們像大雁似的排成一行，每個人身後漂著一隻橘黃色的跟屁蟲游泳包。李山想到自己離開村裡之後十多年，再沒有在這樣的野外游過泳。他不由多看了一眼，感覺每一個毛孔都在冒汗。

騎到高架橋下面的時候，李山說：「歇一下吧！」一輛大車從上面駛過，頭頂發出轟隆隆的響聲。

甘藍摘下頭巾，用手在面前扇著風，喊：「真熱！」然後拿起水壺，咕咚喝了幾口水。一串水珠順著甘藍的嘴角流下來，流到她白皙的脖子上。李山想伸手幫她去擦，卻沒有動。水珠順著甘藍的脖子繼續往下流。李山盯了盯甘藍的胸脯。

李山買了一串葡萄和幾隻梨。他看見橋梁上用紅色的油漆寫著幾個大字：「橋下禁止游泳，危險！」幾個人拖著跟屁蟲游過了大橋，河裡漂著一些泡沫塑膠一樣的髒東西。

「有很多人在這裡游泳？」李山問擺地攤的大媽。

「多了。每年都淹死人，可有人就是不怕死。」大娘邊回答邊把地上的尼龍袋子揪了揪。她仰頭說話時，李山看見她牙縫上黏著一根已經變黃的菜葉子。李山忍住不看大娘的嘴，盯著河裡的那幾個人，看他們要游往哪裡。

五百公尺外的樹叢中飄著幾面旗子，那些人往那兒游。

甘藍捻起一隻葡萄，在褲子上擦。問李山：「想游泳？」

「你去嗎？」李山說，「我小時候經常在村邊的河裡游泳。來了城市之後，只能到游泳池了。」

「我不會。你教我好嗎？」甘藍把擦過的葡萄遞到李山手裡，她嘴裡一股輕輕的薄荷氣息也飄了過來。

他們推著自行車到了插旗子的公路邊。草叢中掩藏著一條小徑，有兩個人推著山地車從下邊上來。

李山問：「能游泳嗎？」

「趕緊下去吧，水挺好。」個子較高的那個人抬起頭來回答。他望了一眼甘藍說：「但不能帶女人。」

矮個子用勁按了一下自行車喇叭，發出警報似的嗚叫聲，嚇了李山和甘藍一跳。

甘藍紅了臉。她推了一下李山的自行車說；「你快下去吧！」

自行車順著護坡往下滑，李山邊捏閘邊對甘藍喊：「你找個地方歇一下。」

李山推著自行車沿著小路拐了個彎，發現樹叢中藏著一座臨時搭建的簡易棚子。一個光屁股男人從裡面出來，衝著樹叢撒了一泡尿。

李山進了棚子，裡面是清一色的男人，全都裸著身子。有的在做擴胸運動，有的坐在爛椅子或破沙發上晒太陽，還有的正往身上套跟屁蟲，有兩個溼漉漉的剛從水裡爬上來。

李山知道這個城市有一個裸泳的地方，沒想到誤打誤撞碰上了。他想起小時候在河裡游泳，無論大人小孩都裸著身子。

不知道為什麼來了城裡，裸泳也成了個有說頭的事情。

李山把自行車靠在牆邊。地上亂扔著的破拖鞋絆了他一下。

又有兩個人下了水，他們招呼李山。

李山看見剛才以為是泡沫塑膠的東西原來就是水的泡沫，感覺有些髒。

「這麼多泡沫？」他問。

「今天沒風，有風就吹走了。」一個人回答。

「水有多深？」

「十七八公尺吧！」

在家鄉的河裡，李山最多只游過兩三公尺深的水。他指著一個跟屁蟲說：「我沒帶這玩意兒，也好久沒有在戶外游過泳了。」

「你可以下了水試試，少游一段路就回來。」一個人說。

「你戴上我的。」另一個人把自己的跟屁蟲遞過來。

李山趕忙擺手拒絕。

他脫了衣服，把它們捲起來放在自行車把上倒掛著的頭盔裡。沿著水泥袋子壘的碼頭往水裡走去。水比較涼，他哆嗦了一下，往身上撩了一把水，然後跳了進去。一種無邊的自由包圍住了他。游了幾下，李山朝公路上望了望，看不到甘藍。李山想她一定沒有想到他在裸泳。他朝著先下水的那兩個人遊去。水中的泡沫浮到了跟前，看起來沒那麼髒。李山用勁一吹，破了。

游了大概不到二百公尺的距離，李山不敢往前游了，他想水這麼深，自己又沒有帶防護工具。

返回的時候，李山一直朝公路那邊望，還是看不見甘藍。

上了岸，樹叢擋住視線，什麼也看不到了。李山重新打量這個棚子，除了自行車和人們帶來的衣服、游泳用的玩意兒，其他的一切都是破破爛爛的。李山想，把這些東西扔到破爛堆上，也沒有一個人撿，可是擺到這兒，哪一樣都能派上用場。

他晒了幾分鐘太陽，又跳到河裡。這次，李山游得比剛才遠了一些，已經能看見高架橋上跑的汽車了。他想，要是戴上跟屁蟲，一定要游到高架橋下，甚至可以更遠些。往回返的時候，李山擔心甘藍等得急了，游的速度快了些。

回到岸上，李山沒有等身體晾乾，就穿上地上的一雙爛拖鞋涮了腳，然後穿衣服。剛才讓他戴跟屁蟲的那個傢伙說：「年輕人，有空多來玩。」

李山問：「能一直游到啥時候？」

「一年四季都能。」

「冬天也能？」李山有些興奮地問。多年來，他一直想試試冬泳。

「可以啊！冬泳的人還不少。」

旁邊的幾個人開始議論起冬泳來。李山想回去之後買一個跟屁蟲，天天來這裡鍛鍊，一直游到冬天，和這些夥伴們一起冬泳。

上了公路，李山看見甘藍坐在路邊的一棵樹下，地上吐著許多葡萄皮。他有些感動，甘藍等了他這麼長時間。他沒有告訴甘藍自己裸泳了，而是說：「咱們走吧。」甘藍問：「你不吃顆梨？」李山搖搖頭說：「到了大學城再吃吧。」

一路上，李山感覺非常有勁，好像游了一次泳洗掉了身上許多看不見的重負。幾次不知不覺超過甘藍好大一截，停下來等她時，李山想，可惜甘藍是女的，要不倆人一起游泳多好。

到了大學城，靠近河的路邊停著幾輛警車，一大群人圍在岸邊。打聽了一下，原來是兩個在學校裡打工的民工去游泳，一個人突然不見了。已經撈了四天，還沒有撈到屍體。

李山看著河裡打撈屍體的小船，問一個看熱鬧的人：「這裡水深嗎？」

「大概三五公尺。」

李山又問：「你知道高架橋那兒有多深嗎？」

「裸泳那兒？二十多公尺吧。」

李山想，二十多公尺打撈起來恐怕更費勁。

李山回去之後，一直沒有買跟屁蟲。原因有很多，比如手頭總是緊張，需要交房租、手機費，與朋友們互相請客吃飯，買書等等。百八十塊錢不算個大錢，可他手頭總是空不出這點餘錢來。一個更深層次的原因是，他雖然喜歡那種無拘無束，可心裡總有些膽怯，畢竟他去的話只能是一個人。他害怕萬一。

立秋之後，天氣一下涼快起來，似乎哪個秋天也沒有這年秋天涼得快。人們從熱得蒙頭蒙腦中醒了過來，各種飯局和活動一下多了起來。李山卻像一隻需要冬眠的蟲子還沒有來得及做準備，在各種熱鬧的聚會中間，他總是感覺到蕭瑟、荒涼，遲鈍得反應不過來，可是又不得不去。於是李山總是一邊想著單位上老也忙不完的麻煩事情，一邊想著自己計劃寫的一大堆東西，腦子裡亂哄哄地應付各種場合。他覺得像小時候玩遊戲中的木頭人，不能說話也不能動，只能看著時間白白地一點點流逝。

有時參加聚會遇到甘藍，她總是穿著一條膝蓋破了洞的牛仔褲，每次總要用雙手捧著酒杯對李山說：「走一個。」

李山想起那次甘藍陪自己去大學城，就會毫不猶豫地把杯裡的酒乾掉。這時甘藍也總是把酒乾掉。這讓李山心裡暖暖的。可甘藍已經是一位高三學生的母親，有許多的事情要做。

李山經常懷念那次裸泳。有幾次他想去再游一次，可想到還沒有買好跟屁蟲，便作罷了。事後想想，覺得可惜，為了一件百八十塊錢的東西，就把一個願望扼殺了。可又一想，生活每天不都是這樣嗎？哪能隨心所欲呢？內心深處，他不願意承認自己的恐懼。

天氣越來越涼，白天風也刺骨。李山想今年不大可能去裸泳了，也不能冬泳了，感覺遺憾。他想等到明年，天氣一暖，一定。

中秋節前，李山一位在南方的大學當教授的同學老K忽然要來這個城市，參加本地一所大學的百年校慶。同學溫正馬上張羅飯局。

據說老K現在的能量很大，幫助縣裡的幾個孩子上了他們的大學。李山知道甘藍的孩子明年要高考，便給她打了電話。

飯局設在大學城的附近。李山想騎山地車過去，又害怕車子放在外面丟了，便早早出發坐了一輛公車。

到了酒店門口，離預定時間還有半個多小時。李山到包間裡看了一下，沒有人。他便踱到水族箱前，看螃蟹、魚蝦這些生活在水中的動物。這時他的手機響了，是甘藍的。李山接起手機，來到飯店門口。甘藍竟然是騎山地車來的。風把她的頭髮吹得有些亂，她化了點淡妝，穿的還是牛仔褲，沒有洞。李山嘆了口氣，他不明白自己為什麼要嘆氣。他幫甘藍把山地車停好，跑到便利店買了一包菸塞給保安，請他關照自行車。

「沒晚吧？」甘藍問。

李山搖搖頭。

到了大廳的鏡子前，甘藍用手理了理頭髮，人看起來精神了許多。

同學們陸陸續續來了。李山給每一位同學介紹：「甘藍，我朋友。」同學們臉上現出一副見怪不怪的表情，好像他們兩個有什麼關係。

超過約好的時間十分鐘了，老K和張羅飯局的溫正還沒有到。同學們不耐煩地看著錶，亂糟糟地在埋怨。李山看甘藍，她低著頭安靜地喝茶。李山打通溫正的電話，他說剛從機場接上老K，正在往回趕！

李山想為啥通知人來這麼早呢？

包間裡更亂了。有幾個同學玩起了鬥地主。

半個多小時之後，包間門口忽然響起一陣腳步聲。每一個同學都站起來，迎接老K同學。甘藍也跟著站起來。

老K這麼多年變化並不大，說話還是帶點結巴，還是邊說話邊眨眼睛。李山一下找到了當初同學的那種親切感覺，他喊：「老K！」

老K正和一個同學握手，轉過頭來，還沒有來得及說話，溫正帶著開玩笑的口氣說：「還能叫老K嗎？」

李山心裡咯噔了一下，改口叫：「王教授。」

「叫啥教授？老K多好。好多年沒人叫我老K了！」老K過來邊和李山握手邊說。看見了旁邊的甘藍，結巴地問：「這個同學是？」

「甘藍，我朋友。」李山說。

「美女哦！」溫正跟了過來，先和甘藍握手。

甘藍的眉毛不易察覺地動了一下，李山看到了。他想溫正多少年了和人握手還是這樣用勁，彷彿怕人忘了他似的。

坐座位時，甘藍是唯一一位女士，坐在了老K旁邊，李山坐在她下座。溫正作為東道主，坐在老K另一邊。

起三。

通關。

……

很快包間裡熱鬧了起來。

溫正知道甘藍的孩子明年高考之後，先前對她的熱絡勁兒馬上消失了。他不住地和老K說話，彷彿老K只是他一個人的同學。他回憶當年的一位英語老師一說話就說「是吧」，一節課曾經說了183個「是吧」。這時，李山才想起溫正與前妻的兒子明年也高考。

他怕冷落了甘藍，悄悄陪她說話。

當酒菜吃得差不多時，同學們說起了自己的車。溫正的聲音高了起來，他說：「我的越野車買得有些小了，上週去四川參加戶外活動，燒烤架居然沒地方放了。」許多同學馬上稱讚溫正的車好。他忽然調轉話頭問李山：「聽說你要買車，買的啥牌子的？」

李山問：「我什麼時候說要買車？」

溫正嘿嘿笑了幾聲，又問甘藍：「美女開的一定是好車！」

甘藍說：「我是騎車來的。」

「騎車好，低碳，環保。我在南方也騎自行車，還參加了當地的自行車俱樂部。」老K忽然說。「你騎的什麼車子？」他問甘藍。

「捷安特。」

「王教授的車一定是BMW、奧迪。」溫正說。

老K說：「捷安特在大陸的總代理是我的朋友。咱們可以去看看你的車子嗎？」接著他用徵詢的語氣問溫正：「我看大家吃得也差不多了，撤吧？」

溫正說：「那好，我請大家唱歌。」

馬上有同學說得趕快回家，輔導孩子功課，第二天還得上班。

溫正說：「王教授十多年才回來一次，多不容易。大家都不許走。」

李山說：「我不會唱歌。」

「你不會唱歌會買單吧？」

「我去。」李山無可奈何地說。他瞧了甘藍一眼。甘藍衝他笑了笑，搖搖頭。李山發現甘藍的眼睛非常明亮。

一行人出了酒店，老K看到甘藍的捷安特XTC770時眼睛亮了。順著他的目光，李山看到車輪下有一隻黑色的甲蟲，向飯店門口爬去。

「得5000吧？」

「3998。我促銷時買的。」

「真不錯，騎了多遠了？」

甘藍正要打開碼表。

溫正忽然用手抓住大梁掂了掂，一下把它舉了起來。他說：「這樣的自行車，我能舉起十個。」

李山看見兩團黑毛從溫正的腋窩那兒露出來。那隻甲蟲還沒爬到門口被人一腳踩死了。

他問：「你的外套呢？」

溫正馬上扔下自行車，說：「靠，衣服落在酒店了，裡面有幾千塊呢！」他邊跑邊說：「你們等著，一會兒咱們去唱歌！」

他的腳踩過那隻甲蟲的屍體，向前跑去。

甘藍掏出自行車鑰匙，對李山點了點頭。

老K忽然從甘藍手裡拿過車鑰匙說：「我騎騎看。」

他熟練地跨上自行車衝進人群，像游進水裡的魚，歡快地往前駛去。開始還能看見他的頭頂，後來穿過紅綠燈就消失在一片車流中了。

李山喊：「老K！」

一架飛機從天上飛過，尾燈一閃一閃的。

李山想明天一定要再去游一次泳，不管水到底是十七八公尺深，還是二十多公尺深。要不今年真的就沒有機會了。

野三坡

星期六，小孟很晚才醒來。太陽白花花地灑進屋子，樓下傳來很多聲音。一隻鴿子蹦蹦在窗臺外面啄玻璃。小孟抓了一把米，放窗臺上，又飛來兩三隻，在狹小的窗沿上搶起來。

小孟慢騰騰收拾好自己，拿上行囊，伸了個懶腰。

院子裡很多男人在打麻將，女人們哄小孩，老人們鍛鍊身體。小孟和迎面的幾個人微笑著打招呼。出了院子，在街上吃了碗油條老豆腐。到車站，售票窗口還沒有開，有稀稀拉拉的人在排隊。小孟跟在後面，一會兒，人多起來，小孟買了到北京南的車票，坐在汙漬斑斑的椅子上，看一個腳趾甲塗成黑色的女孩。

小孟在單位上是一個循規蹈矩、謹小慎微的人，見誰都笑。小孟從不參加同事們之間的應酬，卻幾乎隔兩三個星期就去一次北京。雖然他們縣城距北京有千里之遙，但車票僅有二十幾元，加上路上的泡麵、火腿腸、鹹菜，三十元足夠，相當於同事們壓牌九的一個頭子。

小孟站在火車車廂的過道處，不時有人過來過去擠一下。自從汽車票加價後，坐火車的人一下多起來。人換來換去，小孟中途找到一個位置。坐下後，愜意許多。窗外風景徐徐掠過，遇到小站，火車停下，又啟動，磕磕碰碰，小孟感覺像一個結巴在說話。

快到野三坡的時候，上來一大群人，問，去野三坡嗎？

住宿、吃飯……這時天已發黑，小孟知道下一站是十渡，到了十渡，就進入北京境內。

晚上快十點的時候，火車到北京南。今天有些晚點，好多人在罵，小孟不在乎。一出車站，他的精神來了，緊緊背包，朝一個方向走去。每次來北京，小孟都是這樣，喜歡亂走一氣，累了停下，餓了吃飯，睏了找小旅館住下。

來過北京的次數數不清，小孟從來沒有去過頤和園、故宮等景點，他捨不得花錢買門票，花錢的景點他一個也不去，也不喜歡那些遊人太多的地方。他喜歡坐上公車，沒有目的地亂跑，看到一個喜歡的站名就下車，如公主墳、後海等。儘管在公主墳看不到墳，更看不到公主，後海也沒有海，可小孟就是喜歡這樣。有時，他乾脆坐環線車從這個終點站到那個終點站，這樣來來往往。或者，一整天在地鐵上度過。有時，他也待在一個地方，像三里屯，看北京女孩們雪白精緻的腳後跟。

小孟在北京亂轉了一天，像以前那樣，星期天傍晚的時候，趕到北京南，買回去的車票。車站裡亂糟糟的，售票處待著很多拉客的人，一有人過去，他們就呼啦啦圍過去。以前這樣，小孟都是搖搖頭，擠過這些人群，買自己的票。可今天有個大娘一直跟著他，在他身邊嗡嗡地說。

小孟不由多看了她幾眼。

一位很普通的中年女人，上身是件花半袖衫，下身穿著一條肥大的像綢緞似的光滑的褲子，赤腳，穿著雙拖鞋。

她看到小孟看她，把身子貼過來，說：「去野三坡吧？住我家，一晚上十元。」

小孟想起每次來的路上，路過那些拉客人去野三坡的人。「野三坡」也是個吸引人的名字。在火車上可以看到，它高高的山，清清的水，水上有劃竹排的，街上有騎馬的。

小孟捏了下口袋，「下次吧，下次有時間去住你家，明天要上班呢！」

「去吧，給你安排個姑娘，一點兒也不貴。」

小孟看著眼前這位樸素的大娘，和那些妖嬈的姑娘怎樣也搭不上界。可是大娘滿懷熱烈的眼光看著他。

小孟有些好奇，問：「野三坡能高空彈跳嗎？」

「不能高空彈跳，但能划船、騎馬、爬山。」

「我給你買票去，到時你把錢還我。」

「別。」

大娘已經扭著肥大的屁股買票去了，小孟想走開，但像夢魘住了。

大娘把票交給小孟的時候，他說：「我沒有多少錢了，野三坡能從卡裡取出錢嗎？」

「能。」大娘很肯定地說。

小孟接過票，大娘又去招徠別的客人去了。

坐上車，小孟還有些發蒙。他覺得自己要瘋了，明天還上班呢。他想或許應該到了野三坡再補票，明天早上趕回去上班。

車上人很多，大多是大學生，一看就是去旅遊的。和小孟坐一起的三女兩男，分成兩對打拖拉機，剩下落單的那個問小孟：「也是去野三坡嗎？」小孟不由自主點了點頭。

「和我們一起玩吧，我們自己做飯，省錢。」小孟笑了笑不置可否。

快到野三坡的時候，準備下車的人在收拾行李。小孟猶豫要不要下去。這時那個大娘巫婆一樣出現了，她後面還跟著幾個年輕人，她對小孟他們招呼說：「一會兒下了車你們跟著我，有人問你們住不住，你們就說住下了。」小孟看了看幾個正在收拾撲克的人，慢吞吞地站起來。

一下火車，果然很多人圍上來。小孟他們像大娘吩咐的那樣，跟著大娘殺出重圍。大娘清點人數，小孟發現人有時候莫名其妙地就組成了一個團隊。

野三坡的大街上燈火通明。馬路兩邊的娛樂場所都裝著大玻璃，很多穿著暴露的女子一溜坐在迎街的沙發上，像櫥窗裡的商品。小孟感覺性的氣息撲面而來。街上不時有一對一對的男女走過，熱烈地擁抱著。到處都鬧哄哄的，不時傳來女孩的尖叫和笑聲。

小孟他們路過很多洗浴中心、髮廊、旅店，到處都是一堆一堆的女孩子們。他們來到山腳下的一個大院。按照需要，人們進了各自的屋子。和小孟一起坐車的那五個人進了一個大屋子，走在最後面的女孩進屋前望了小孟一眼。

小孟進了一個小屋子，一種孤獨感浪潮一樣湧上來。他把東西放床上，想洗把臉，出去轉轉，發現沒有暖壺。正要叫老闆，剛才那個大娘進來了。

「給你找個姑娘吧？」

小孟忙搖頭，大娘神祕地笑了一下，「有很漂亮的姑娘，陪陪你很好。」大娘樸素的面孔露出懇切的神情。

小孟說：「給我找點水，洗洗臉。」

「好，好。」大娘邊說邊轉身，馬上又誇張地尖叫起來，「你看，你看。把她叫進來你瞧瞧。」

順著大娘的手指，小孟看見一個非常漂亮的年輕姑娘從一個屋子裡出來，正要走，看見大娘招手，向他這邊走過來。小孟的心有些慌亂。

姑娘進來站在屋子中間，很年輕，很漂亮。

大娘說：「就讓她陪你。」

姑娘過來坐在小孟旁邊，大娘拉上門。小孟的心跳加速起來，他看姑娘，姑娘也看他。小孟問：「你真的做這個？」姑娘點了點頭，把手放在小孟的大腿上，小孟的大腿癢癢的。他摸了摸姑娘的手，又軟又綿。

小孟站起來，說：「我想出去轉轉，你能陪我嗎？」

姑娘點點頭。

他們來到街上，比剛才更熱鬧了，到處是燈光和歌聲。

小孟和大多數單身的男人一樣，身邊有了個漂亮的姑娘。他拉拉姑娘的手，姑娘挽住他的手臂。

「咱們先找個銀行，我取點錢，帶的不多。」

他們和一撥又一撥的人相遇，又分開，走過水面泛著黑光的河岸和每一條街道，小孟發現野三坡只有一個郵政儲蓄所和信用社，根本沒有他需要的銀行。

在一處燒烤攤前停住，小孟說：「吃點什麼吧？」姑娘跟著他坐下。小孟點了一大堆羊肉串，要了兩瓶啤酒，分給姑娘一瓶。姑娘說還想要別的，小孟讓她自己點。姑娘又點了一大堆別的吃的。小孟說：「吃了羊肉串你走吧，給你五十元，銀行裡取不出錢。」姑娘的臉埋在燈光的陰影裡，看不清楚。小孟希望姑娘把又軟又綿的手再放在自己的大腿上，說點什麼。姑娘咕嘟咕嘟喝了一大口酒，說：「那你得見見我們的老闆。」小孟把手伸出去，捏了捏姑娘的手，姑娘馬上甩開。小孟感覺很無趣，想趕緊喝完啤酒去找那個巫婆一樣的女人。可是，一瓶啤酒怎樣也喝不完，肚子已經覺得撐得放不下了。桌上還剩好多吃的。

小孟把剩下的啤酒扔桌上，說：「走吧？」姑娘站起來，嘴上還油光發亮地啃著一個肉串。她拎起桌上她喝的那瓶啤酒，吩咐老闆把剩下的東西打包。

回的路上，小孟在前，姑娘在後，手裡還拎著個酒瓶。

夜晚像所羅門的瓶子一樣釋放出更多的魔鬼，音樂的聲音彷彿更大了。看著那些偎依在男人身邊的姑娘，小孟覺得像蛇一樣。

見了老闆娘，小孟先發脾氣，「你說卡裡能取出錢，我才敢來，來了鬼地方連個銀行也沒有，你叫我來幹什麼？」

大娘還是那副樸素的面孔，但她的身體又肥又壯，像發酵了饅頭。小孟看著身邊嬌小玲瓏的姑娘，想，她用不了幾年，也要長成這樣，到時，讓人們白幹也不幹。

大娘問：「你們做過嗎？」

小孟搖頭，姑娘也搖頭。

大娘說：「你還有多少錢？」

小孟把口袋裡的錢都掏出來，把口袋也翻出來了。

大娘從那把錢裡取出唯一一張一百的，瞄了瞄剩下的零鈔，又拿出一張十元的，說：「大的給姑娘，小的是店錢。剩下的你夠回家吧？要是沒錢，明天早上可以在這兒白吃飯，玉米糊糊、饅頭管飽。」小孟後悔剛才請姑娘吃燒烤，花了七十多元。

大娘領著姑娘走了，屋子裡比剛進來的時候還冷清。

小孟在床上躺了會兒，睡不著。又出來，沿著街道漫無目的地走，看到一家奇石店，進去發覺有很多自己喜歡的石頭，問了問價錢，一塊也買不起。出了奇石店，看到河灘上有篝火晚會。一大群人伴著音樂，手拉手圍著一個樹枝燒的火堆轉圈。他們都穿著一家公司統一的T恤，有很多姑娘，但沒有一個像剛才那個那樣漂亮的。小孟嘆了口氣，躲在一個陰影裡，看這些快樂的人。直到篝火晚會結束，小孟才回去。

路過一家網咖的時候，他走進去。裡面玩的都是些小孩，小孟覺得沒意思。回了那個大院子，月亮正懸在頭頂，小孟想，大概十五了。一群人吵吵嚷嚷回來，是和小孟一起投宿的那五個人，他們好像去一個什麼苗家山寨，看人妖。

他們進進出出，沖涼，大聲說笑，很晚才安靜下來。

月光透過窗戶照進來，院子裡很安靜，可是小孟聽見每個房間都在呻吟，月亮也在呻吟。夜很晚了，小孟還能聽到這種聲音此起彼伏，然後他聞到一股股濃郁的精液的味道。

第二天，小孟一起來，就給單位上的領導打電話，說今天不舒服，請一天假。他收拾好東西離開這個院子的時候，那五個人果然在自己做飯。昨天望了他一眼的那個女孩請他一起吃飯，他微笑著謝絕了。女孩說：「我們上午去百里峽，你去嗎？」小孟仔細看了看這個女孩，想她是個好女孩。那個大娘也站在院子裡，吃著個大餅子，招手讓小孟吃。小孟搖搖頭。大娘大聲地對小孟說：「下次多帶點錢，好好玩。」小孟覺得有些窘迫，低下頭，他想那個女孩可能聽到了。

離火車來的時間還早，小孟在一個小攤上吃了早點。晚上喧譁的街道在白天安靜了許多，好多人騎著馬往山上跑。

小孟想起自己在壩上草原第一次騎馬，挑了匹最快的，那種速度，感覺真好。他不知道自己為什麼總喜歡刺激，要是昨天去十渡可能就好了，那兒應該有銀行，可以去高空彈跳。

在去火車站的路上，小孟看見人們划竹排的地方，只是一段河灣用壩堵起來，水一點也不深，和自己想的一點也不一樣。河灘裡有幾個小孩在玩。小孟走過去，發現一灣一灣的水潭，裡面有很漂亮的石頭，那些小孩挑些薄的，串水花。小孟撈些自己喜歡的，放背包裡。那些小孩看見這個奇怪的人，都圍過來，然後下水撈起石頭讓小孟看。小孟掏出五元錢，讓一個小孩買些雪糕，小孩接過錢雀躍著去了。一會兒，每一個小孩和小孟嘴裡都咬著一根雪糕，他們邊摸石頭，邊興奮地問小孟一些問題。一個膽大的小孩說：「下次你來住我家，我們家有很多房子，好多人去住。」小孟的背包很快裝滿了，他直起腰來，沉得要命。

離開河灘的時候，那個小孩還說：「咱們是朋友了，下次來一定住我家啊。我家就住在——」他用手指了一下。

背包確實很沉，每次小孟停下來重弄一下的時候，幾乎都有人上來問：「住店嗎？給你找個很漂亮的姑娘。」

買好票在候車室等車時，那個大娘也在，正準備接新一班客人。她朝小孟很豪爽地揮手打招呼：「下次一定要來！」

小孟摸摸口袋，還有兩元錢，買了一個山核桃做的手鏈。往手上戴的時候，一下把線綳斷了。小孟去拾那些在地上亂蹦的山核桃，火車過來了，他看到很多人朝火車湧去。

開館日

「『印度的世界——美國洛杉磯郡藝術博物館館藏印度文物精品展』在山西博物院開展，127件從西元2世紀到20世紀初的印度文物亮相太原。」

朱青星期六中午去鋼琴班接孩子時，在閱報欄看到這段新聞，已經開展二十多天。朱青想起上次參觀博物院，兒子看到網路上紅極一時的商代青銅器鴞卣「憤怒的小鳥」時，又驚又喜的樣子；妻子流連在徐悲鴻臨摹的敦煌壁畫前，在心裡一筆一畫模仿，不願意離開。這次印度的世界主題展，讓他陷入了美好的遐想。

星期天吃完早飯，朱青說，咱們今天看印度展去吧？

埋頭在書本中的兒子說，我要寫作業，你和媽媽去吧。不過下午要帶我去二龍山下的汾河公園玩。

劉雅說，好。卻開始洗一堆衣服。

朱青望著升得越來越高的太陽，覺得屋子裡熱起來。他說，你們不去，我一個人去了。

劉雅說，等等我。她在擰那堆洗完的溼衣服。

他們出門之前，又問兒子。兒子堅絕不去，說上午一定要把作業寫完。兒子讓朱青幫他拍幾張照片。劉雅把自己的手機留給兒子，和朱青出了門。

一出門，涼風撲面吹來，屋裡那種悶熱感沒有了。

朱青感覺還是出來玩好。這時收破爛的人騎著三輪車進了小區的巷子。朱青和劉雅走到鐵門前時，三輪車也迎面駛來。三輪車上面扔著幾個廢紙箱，兩臺二十英吋的舊電視和一臺八成新的風扇。朱青沒有給三輪車讓路，繼續往前走，他認為收破爛的人應該讓他們先過去。劉雅卻貼著牆角等三輪車過去。收破爛的人沒有停住等他們過去的意思，他歪歪扭扭蹬著車子，朝劉雅那邊走去，然後車把一歪，和車廂組成三角形的柵欄，把劉雅堵在牆角。

朱青對收破爛的喊，你怎麼騎車的？

收破爛的把車把朝外轉了轉，劉雅跑出來。收破爛的扭過頭看了看朱青，然後目光順著劉雅的腳往上溜。

朱青的目光也順著收破爛的目光溜過去，看見劉雅赤腳穿著涼鞋，塗著金色指甲油的五個腳趾頭閃著光。他往前走了一步，擋住收破爛的目光。收破爛的抬起頭，用陰沉的目光毫不在乎地掃了朱青一眼，蹬著三輪車進了他們那排樓。

朱青心裡發悶，舉起手中的礦泉水，咕咚喝了幾大口，把剩下帶水的瓶子狠狠摔在地上，踩了幾腳，又拾起來。他想起待在家裡的兒子，打通劉雅留下的電話，兒子說他正在寫作業。朱青說誰敲門你也不要開。

到了公車站前，朱青把那個沾著鞋印的瓶子扔進垃圾桶，才彷彿出了口氣。等了半天公車，過來的都是去別處的。好不容易來了輛 845，站臺上剩下的人幾乎都是乘這路車的，人們呼地向前湧去。朱青看見車裡面的吊環上面掛滿了手臂，白皙的、布滿青筋的、長滿黑毛的，一個個像將要下鍋的火腿。他猶豫了一下，和劉雅最後上了車。

到了省博物院北門這站，好多人都下車，朱青奇怪今天去博物院參觀的人怎麼會這麼多。以前他去的時候，都是稀稀拉拉的沒有多少人。

拐過十字路口，朱青更加吃驚。從博物院那高大的「鼎」形建築一直到這邊馬路，足足有一公里距離的寬闊的馬路兩邊停滿了車。他想見鬼了，這麼多車！

繼續往前走，路過便利店的時候，朱青聽見裡面正在搞促銷，綠茶買兩瓶送一瓶，他想是不是該買點飲料，但一想進展廳過安檢的時候，飲料都得存起來，便沒有去買。

朱青、劉雅和剛才一起下車的人往前走，朱青想趕在他們前面進博物院，步子快了些。劉雅跟在他後面，十個金色的腳趾頭像圈在籠子裡的兩群小雞。又過了一個十字路口，眼前出現了博物院前長長的隊伍，足有幾百人。朱青有些眩暈。馬路的另一邊，博物院右前方有個橢圓形建築，前面也圍著一大群人。朱青想，今天到底怎麼回事？

朱青和劉雅到了那排長長的隊伍後面，他看了看錶，九點四十五。他想劉雅要是不洗衣服，早點來的話，或許這裡沒有這麼多人。

他們隨著隊伍緩緩往前走了幾步，劉雅忽然問，不知道沒有身分證讓不讓進？我沒有帶身分證。

朱青疑惑地回答，我也沒帶，以前讓呢，今天這麼多人，不知道。

排在他們後邊的穿著花褲子的女人說，沒有身分證不讓進。

朱青說，我去前邊看看。

他到了領票的窗口，看見人們並不需要身分證就能領上票，放心了。等他回來時，劉雅正在旁邊的樹蔭下乘涼，剛才排在他們後邊的好幾個人排在了前面。朱青心裡怪劉雅沒有排在隊裡面等他，但他不想把這次參觀搞得不愉快，便努力露出笑臉說，不需要身分證。

劉雅問，不需要？

朱青說，不需要。

但劉雅一問，又讓他疑惑起來，他想自己剛才看見是不要的。

他們排在先前在他們後面的人後面，隨著隊伍緩緩往前移動。

忽然隊伍停住了。人們伸長脖子往前望，不知道發生了什麼事情。怎麼看展覽的人也這麼多了？朱青既像自言自語，又像問劉雅。

後面的女人說，今天旁邊的地質博物館開館，許多人帶著孩子來看恐龍，因為人太多，排不上隊的就來這邊了。

朱青望了望旁邊的那個橢圓形建築，想它就是地質博物館，自己怎麼就不知道今天它開館呢？知道的話，下週來看印度的世界也可以呀。但是今天既然來了，也只能等，只是朱青不明白這麼多人排隊，為什麼不趕緊把人放進去。

後面的那個女人帶著遺憾的口氣說，這次地質博物館展出的恐龍是世界上所有恐龍的「祖先」，全球只發現了這麼一具。

世界上所有恐龍的「祖先」？朱青默默重複了一遍，臉上露出嘲諷的笑容。

有人也和朱青有同樣的疑問，去前邊探問。原來每隔半小時發一次票，每次只發一百張。

朱青看看錶，十點零七。他感覺有些熱，用手搭起「涼棚」朝天上望去，灰白的太陽像融化著的鎳幣，發出慘白的光。朱青想看恐龍的人為什麼要來這兒看文物呢？

前面一個小孩喝完酸奶，啪地隨手把紙盒子扔地上。牽著她的女人彷彿沒有看見，往前挪了挪，那個盒子就跑在了別人腳邊，好像別人扔下的。小孩鼻子一聳一聳，嘴唇上有道發黃的鼻涕。朱青想她們一定是原來要去看恐龍的。他故意有些大聲地對劉雅說，看那個孩子鼻涕快流到嘴裡了。劉雅捅了他一指頭，朱青裝作沒反應。一個三十多歲的人只顧昂著頭和旁邊的人說話，一腳踩在那個盒子上，裡面的奶濺出來，濺到劉雅腿上。朱青盯著劉雅的腿，想起剛才收破爛的人陰沉的目光，他摸了摸裝在口袋裡的手機，沒有半點動靜。朱青想兒子大概已經寫完作業，在玩電腦了。

太陽還是灰白，氣溫卻越來越高。幾個老頭互相開著玩笑，讓年齡最大的兩個躲在馬路牙子的樹蔭那兒涼快去了。朱青不知道他們是來看文物的，還是看恐龍的，他甚至判斷不出他們是什麼身分。他們每個人看起來都灰撲撲的，但絕對不像農民，也不像下崗工人。又有幾家人忍不住，留下一個人排隊，其他人躲到樹蔭裡去了。前面空出一截地方，朱青往前緊走幾步，對劉雅說，你也去歇歇吧，我來排隊。他又看看錶，過去十幾分鐘了。

時間彷彿凝滯了，那塊鎳幣越來越大。終於隊伍又動了，劉雅進來排上隊，那兩個年齡大的老頭也進來，樹蔭下的人都進來。隊伍往前移了會兒，又不動了。一個老頭跑到前面，很快回來說，發完一百張票了，還得等半小時。朱青往前邊看了看，想再發一百張票能不能輪上自己。他想要是輪不上，就不排了。他朝後面看了一下，後邊的隊伍更長，朱青想到這麼多人和自己一起等，心裡舒服了些。後面有位約十三、十四歲的少年跑出來，從頭開始一個一個去數前面的人，數到朱青的時候，八十六。朱青想能輪上了。

天氣越來越熱，柏油馬路像要融化了，踩在上面軟綿綿的。朱青想兩億年前，大概就是比這也熱的天氣，氣候和地質忽然發生變化，龐大的恐龍遭受了滅頂之災，被埋在地下，又過了很多很多年，變成了化石。他想假如現在氣候和地質也突然發生變化，人類是不是許多年之後也會變成化石，被若干年後的生物參觀？

又有人去樹蔭裡了，劉雅也去了，但樹蔭越來越小，只有走到樹跟前，才能享受到那個綠色帳篷的庇護，所以那些躲在樹下的人越走越近，但因為彼此之間年齡、相貌、衣著大不一樣，像樹長出了各式各樣的黴菌。朱青聽見秒針一圈圈轉，他眼前又出現那個賣破爛的人陰沉的目光，那個傢伙正在挨家挨戶敲門問，有破爛賣嗎？朱青給兒子打電話，沒人接。朱青有些擔心，給自己找理由，兒子是不是在打遊戲，聽不到電話鈴聲，或許兒子過會兒看到有未接電話，會回過來。

朱青擦了擦額頭的汗珠，感覺內衣全滲透了，緊緊貼在身上。他想早知道排這麼長時間的隊，應該買點飲料。

這時劉雅說，我去買瓶水。

朱青看看錶，半個小時快到了。他說，別去買了，馬上就到時間了。

劉雅說，到了你幫我領上票，在門口等一下。

朱青想說不知道讓不讓別人代領。但他什麼也沒有說。賣水的地方那麼遠，他不知道劉雅多長時間能回來。

隊伍又向前移動了，有幾個傢伙給在地質博物館前排隊的人打電話，我在這邊排上隊了，你們那邊進不去的話，來這邊吧！很快來了幾個年輕男女，領著小孩，站到了打電話的人旁邊。朱青想說不能插隊，但他想到劉雅也是讓他代領票，就沒有吭聲。剛才那個數人數的少年又跑出來，數排在他們前邊的人。朱青有些難受，他想這次輪不上他們，馬上就回家。快輪到朱青的時候，劉雅還沒有回來。朱青看到前面那幾個人領票時，發票的工作人員說，小孩不需要拿票，幾個大人領上票帶著小孩進去了。輪到朱青時，他說兩張。發票的人什麼也沒有問，給了他兩張票。朱青鬆口氣。劉雅還沒有回來，朱青走到大門另一邊等她。一個穿灰綠色衣服的保安站在遮陽傘下，朝他看，朱青往離傘遠的地方挪了挪，感覺太陽更加熾熱。

排在朱青後面的人一撥一撥領上票進了大門，他想現在發的票肯定超過一百張了。這時忽然停止發票了，朱青發現隊伍好像還是那麼長。

那些進了門的人爬上展廳前面高高的臺階，開始朱青還能看見他們的屁股，一轉彎，就什麼也看不到了。

朱青想他們大概已經進了展廳。還在排隊的人們焦慮地舔著嘴唇，太陽越來越大，彷彿要壓到他們頭頂上。

劉雅從隊伍末端那兒走過來，老遠看見站在門口的朱青，招了下手。朱青把手中的門票朝劉雅揮了揮。劉雅手裡空著，沒有水，隨身帶的包也看不見沉甸甸鼓起來的樣子。朱青知道劉雅沒有買上水，畢竟賣水的地方離這兒有段距離。但劉雅走到門口的時候，朱青還是忍不住問，沒買上水？劉雅說，沒。朱青後悔剛出門時把瓶水摔了。

兩人進門，爬臺階，往左轉，到了正門時，進展廳的門口又是一群人在排隊。朱青想中國的人真多啊！肯定是展廳裡進去的人太多，放不下了。他快步走了幾下，搶在另外幾個剛從臺階那邊轉過來的人前面，很快他身後又出現一長排人。所幸，這次排隊的時間不太長。

進了展廳，帶水的人在保安的指揮下去存水，朱青和劉雅直接透過安檢，終於進了大廳。朱青說，我就知道帶水進來的時候比較麻煩。劉雅什麼也沒有說。

大廳裡到處是人，所有人的聲音混在一起，像一群蒼蠅在嗡嗡叫。從中空的天井往上看，二層、三層、四層的橢圓形樓道裡也都是人。朱青看看錶，十一點半了。他想起家裡的兒子，對劉雅說，咱們要是走散的話，十二點半在大廳門口集合。劉雅說，我沒有帶手機。朱青說，沒帶可以借別人的啊。

他們一進印度的世界展廳，馬上進入一個奇異的世界。裡面布滿了石雕、磚雕、銅造、鎏金和水粉繪畫等各種材料做成的佛像和神魔、動物，那些佛像有的肩膀上趴著兩個神獸，有的做著瑜伽一樣的高難度動作，有的頭上長出個像鼻子……每個造型都生動自然，匠心獨運，不像中土的佛像衣帶飄飄，面目一致地端莊，而且它們大多著裝非常少，露著飽滿的乳房。朱青心裡由衷地讚嘆這些藝術品，想到印度從古時候起就一定非常熱，印度，那是多麼遙遠的地方。

好多小孩拿著博物院發的有獎答題卡，爸爸媽媽們與他們擠在佛像前，嗡嗡議論著從旁邊的介紹上尋找答案，找到一個，填好之後，馬上撲到下一尊佛像前去尋另一個答案，然後又有一撥新進來的家長和小孩把佛像圍住。朱青看著這些人群，想起那些在名山大川的寺廟裡摩肩擦背的香客。他想假如自己也帶著兒子來，肯定和這些家長一樣，加入到尋答案的無聊遊戲之中，不由又有些慶幸。忽然朱青看見一尊扭著身子的佛像腋下流出些液體，散發出他從來沒有聞過的奇異香味，從腋下流到手臂肘子那兒，然後露珠一樣掛住不動了。朱青意識到這不是水，是佛像的汗。朱青盯著這滴汗珠，等它掉下來，他想這滴來自洛杉磯，不來自古印度的佛像上的汗珠對人一定有奇異的作用。可是這滴汗珠掛在那兒不動了。朱青伸出手，被一層玻璃隔開了。他望著那層玻璃做的隔斷盒子，想肯定還有紅外線或者其他什麼保護措施。這時，一群孩子和家長圍住這尊佛像。他們過去之後，朱青發現那滴汗珠不見了。他下意識地朝地上望去，地板在燈光下散發著橘皮一樣的光，沒有絲毫落下汗珠的痕跡。

接下來，朱青像著了魔似的，一尊一尊仔細地尋找佛像身上流出的汗珠。他在一撥人剛走，另一撥人還沒有來之前，搶先擠到佛像前，然後他馬上被大人和小孩說話的聲音淹沒。朱青沒有再發現另外一滴汗珠，但他真切地聞到空氣中還瀰漫著那種特有的淡淡的香味。

出了印度的世界展廳之後，朱青看看錶，已經一點鐘。他想該死，忘記時間了，劉雅一定等急了。但他一轉身，看見劉雅跟在身後。

朱青問，你剛才看到那尊扭著身子的佛像出汗了嗎？

劉雅瞪大眼睛望著他，搖了搖頭。

朱青說，咱們不去別的展廳了吧？兒子一定餓了，趕緊回吧。

出了展廳，站在博物院高高的臺階上，朱青看見地質博物館門口坐著三個中年人，那個女的脫了高跟鞋，把腳用力朝前伸著，舒展腳尖，兩個男人一左一右坐在她旁邊，把臉湊向她說著什麼。門口再沒有其他人。博物院這邊，門口也冷冷清清的，只有保安孤零零地站在遮陽傘下，像站了一千年。朱青和劉雅下了臺階，走到保安跟前時，朱青看見他肩膀上有一大片被汗浸溼的地方。

往公車站走的時候，朱青說，要是兒子和咱們一起出來，在外邊吃點東西就可以了。劉雅說，剛才我去買水，走了半天也沒有看到賣水的，怕你著急，趕緊回來了。

朱青看見馬路牙子兩面的路邊停著許多三輪車，上面堆滿了舊電視、爛洗衣機、完好無損但款式陳舊的各種家具，還有啤酒瓶、輪滑鞋、書、報紙、風箏等等亂七八糟的東西。收破爛的人躺在路牙子邊的花欄牆上，有的人身下墊著幾張報紙，有的人墊著一塊紙板箱，有的什麼也沒有。他們姿態各異地躺著，讓朱青想起印度的世界裡的那些佛像。

吃過午飯之後已經兩點半多了，兒子說，你們中午不要睡過頭，下午還要去汾河公園。

朱青和劉雅沒有睡午覺，簡單收拾一下，三點鐘與兒子準時出發。

公車經過勝利橋時，朱青看見往日寬闊的河面河水降下去許多，露出一塊塊龜裂的地面，幾個不大的水窪閃著混濁的光。朱青不知道發生什麼事了，汾河怎麼沒水了？他想他們要去的是二龍山那兒，作為太原境內汾河的上游，它應該不會這樣吧？

兩個多月前，朱青他們去爬二龍山的時候，看見汾河非常壯觀，水流白龍一樣翻滾著從山間衝向下游，像極了他小時候見過的那些奔騰不息有生命的河流。許多人在河邊紮帳篷，燒烤，唱歌，放風箏。當時他就覺得下游的那些河段，儘管風景優美，但都被圈在橡膠壩裡面，像關在籠子裡的獅子，沒有一點脾氣。

他們坐著公車一路向北。朱青透過濱河路邊一叢叢的綠樹和鮮花，看到汾河上面許多地方在施工，河流被截成一段一段的，有的地方架起了橋梁，有的地方高大的塔吊正在運送東西，也有的地方還有一截水流。這些有水的地方，路邊都停放著車輛，河灘上架著花花綠綠的帳篷，有釣魚的，有大人牽著小孩散步的。朱青想像著汾河上游的「浩瀚」水面，他為他們前兩個多月發現了這個地方高興。

車到終點站，朱青一家三口下車往左拐，走上一條幽靜的小路，路邊，高大的樹叢中間不時傳來清幽的鳥叫，使他們感覺終於從都市中解脫出來。然而他們前面被一塊刷著油漆的牌子擋住，上面寫著「軍事禁地」，旁邊還掛著一個廣告牌，是真人射擊遊戲。朱青記得上次走到這兒時，有位姑娘告訴他再往前走兩三分鐘，就會看到汾河，確實也是。沒想到現在變成遊戲場了。他壓住心中的詫異，與劉雅和兒子沿著公路往前走。鳥的叫聲還在兩邊的樹上繚繞，讓他覺得這個地方還是挺好的。沿路幾個騎摩托的人在他們旁邊停住，問租不租燒烤用的東西。黃色的塵土撲滿了他們的面容，乾裂的嘴唇上有幾顆白牙閃動。朱青搖搖頭，看見四五個大學生拿著燒烤架在落滿灰塵的樹葉和莊稼中尋找地方。有些人已經支好架子，開始燒烤。縷縷青煙在半下午的太陽下顯得非常清晰，朱青似乎能看到這些年輕人臉上冒出的油脂。他感覺胃裡很撐。

竇大夫祠進入他們的視線。上次就看見過這個景點的指示牌，但沒有進去。朱青他們在保安的指點下，從敞開的側門進了祠堂。邊上一座耳房顯然是賣門票的地方，旁邊還有「門票二十元」的字樣，但裡面沒有工作人員。門口有幾個人坐著，見朱青他們進來，繼續坐著。朱青不知道他們是工作人員，還是休息乘涼的，猶豫著走進去，沒有人朝他們索要門票。

這座修建於唐代，為祀奉春秋時晉國大夫竇犨而修建的祠廟，正在施工修繕，但因為遊客少，反而顯得非常幽靜。朱青想著孔子巡遊時到了晉國，聽到竇犨去世扭頭就回的故事，聽著一家三口人空空的腳步在廳廊裡迴蕩，覺得好像一腳踏進歷史裡。兒子沒有耐性，急著要去玩水，朱青他們轉了一圈，匆匆拍了幾張照片便出來。

在門口遇到那個保安，對朱青他們點頭笑了笑。朱青想用不了多久，這個地方就會完成修葺，變成真正的景點，它會打開正門，工作人員坐在售票廳裡，認真地賣門票。然後遊客們會多起來。他忽然覺得有些遺憾，他更喜歡祠堂現在這種寂寞、落魄的樣子。

朱青他們出了祠堂，走幾步來到汾河轉彎處，沒想到河流完全乾涸了，露出鋪滿石子的河床，像巨人瘦巴巴的肋骨。兩個多月前，他在背後的二龍山上看這裡，汾河還激流洶湧，那麼多的人在河邊娛樂休閒，隔著山谷，他都能感覺到下邊潮溼的水氣。現在乾巴巴的河床裡看不到人，一個旋風從河床飛起，像縷青煙，朱青有種滄海桑田的感覺。

他循著一條小路，領著劉雅和兒子到了河邊。河裡沒有一滴水，白色的鵝卵石上面落著灰撲撲的塵土，岸邊隔段地方就有燒烤時木炭燒過的灰燼。

朱青走進河床，隔著鞋底仍然感覺鵝卵石很燙。他走了很久，希望在卵石中間找到條死魚、死蝦的屍體，好相信兩個月前這裡是片大水。可是朱青失望了，布滿卵石的河床找不到絲毫動物生存過的跡象。在一叢還有綠意的柳樹前，朱青停下來，以前它們是長在沙洲上的，鬱鬱蔥蔥。現在根部完全裸露出來，曝晒在熾熱的太陽下，像喝醉酒似的東倒西歪。毫無疑問，過不了幾天，它們就會啪嚓倒下。

兒子被太陽晒得有些發蔫，他暈頭暈腦地站起來說，我不喜歡這裡。

朱青他們上了岸，沿著那條綠得讓人感覺發虛的小徑往前走，不斷有燒烤的痕跡。有棵大樹下放著幾塊圍成圈的磚頭，每塊磚頭上麵包著塊破爛的塑膠布，一個生日蛋糕上的皇冠白得像一塊骨頭碴子，朱青走上去，聽見它破碎的聲音。

趕緊走吧！兒子說。

頭頂的鐵絲護欄外面傳來陣陣流行音樂和賣燒烤的吆喝聲，讓人感覺熟悉的那個世界就在身邊，可是河床裡靜得像另外一個世界。朱青領著劉雅和兒子順著小道往前走，他覺得前面一定有個豁口可以出去。

爬過一個小坡之後，遠處忽然出現一個水窪，許多人圍在那兒玩。水！三個人同時有些驚喜地喊。

三個人忘了身邊的寂靜，快步朝水窪走去。到了近處，朱青發覺這是河床裡困下來的一攤死水，大概有兩個籃球場那麼大，水的顏色有些發黑，上面漂著綠色的浮萍。但是那麼多人在水窪這兒玩。兩對年輕夫婦領著一男一女兩個小孩在放風箏，幾個老頭子坐在馬紮上釣魚，還有幾個人抄著漁網撈水裡的東西，有幾個人在拍照。其中有一個人裸著白花花的上半身，在水裡面游泳。

兒子喊水，首先把手伸進去。

朱青發現水裡有隻蝦米。這種蝦小時候他們那兒河裡多的是，篩子一搭下去撈起來就是半篩子，回去洗乾淨，鍋裡倒點油，把蝦放進去，扒拉幾下馬上變成鮮紅色，吃到嘴裡又香又脆。上星期，兒子在花鳥蟲魚市場買了兩隻鰲蝦，一紅一藍，兒子給牠們起名字，一隻叫「紅星」，一隻叫「深藍」。賣蝦的說，如果用自來水養，必須把水先放兩天，也可以用礦泉水或純淨水養。朱青買了瓶礦泉水，找到以前插花的大瓶子，把蝦放進去，還放了兩塊從黃河裡撿來的石頭，搭配上賣家給的水草，挺漂亮的。可是第二天起來，兩隻蝦都死了，兒子非常傷心。

想到這裡，朱青看看兒子，小心地把手伸到水裡，慢慢把那隻蝦圍到岸邊，然後猛地把牠捧起來。兒子看到蝦高興極了，大聲喊爸爸真棒！劉雅幫著撿了個空塑膠瓶，灌好水，朱青把蝦放進去，牠看起來活潑得很。

兒子一邊玩這隻蝦，一邊玩水。

黃昏的時候，人們開始收拾東西，準備回家。兒子仍然不願意離開。朱青百無聊賴地在水邊轉悠著等兒子，劉雅坐在石頭上玩手機。忽然朱青在一處岬角看見許多翻著白色肚皮的死魚和蜷著身子的死蝦，然後他發現水面幽暗下來，水中的汙泥發出一陣陣惡臭，讓他想吐。

朱青喊兒子，回吧！

兒子先是不吭聲。他又喊時，兒子說，水裡還有人。

朱青順著兒子的目光看見一個白胖的身子在水裡漂浮，半下午他們來的時候，這個人就在水裡面。

朱青心裡有了種莫名的驚恐，他彷彿看見死亡的影子從那個人身上蔓延到越來越黑的水面上。他說，把蝦放了吧！兒子問，為什麼？朱青說，拿回去咱們養不活。兒子想了想，把瓶裡的水連蝦倒在水窪裡。那個正在看爸爸收拾風箏的小女孩忽然說，哥哥你不要為什麼不給了我？朱青看見那隻蝦到了水裡面並沒有馬上游走，而是昏了頭似的落在水底的卵石上不動。朱青不知道怎麼回事，不忍再下手把這隻蝦撈回來。他對女孩說，你想要讓你爸爸來撈吧。女孩喊爸爸。一個比朱青年輕些的男人過來，另一個小男孩也跟著跑過來。男人輕輕把兩隻手伸到水裡，迅速一合，蝦被捉住了。男人把蝦放到瓶子裡，朱青感覺死亡的氣息被帶到了那個瓶子裡。男人伸出手，到水裡洗沾上的淤泥，朱青聞到一股臭味。這時那個小男孩突然哭起來，指著女孩手裡的蝦喊，我也要！

朱青望了望面前的這個男人，指指水裡那個白色的身體。

男人看了一眼，臉色馬上變得發白。

他們兩個交換了一下眼神，然後不約而同從地上拾起塊卵石，用勁朝那個身體附近扔去。

操！

一個憤怒的聲音突然從幽暗的水面上傳來。

小男孩不哭了。男人一手牽著小女孩，一手牽著小男孩，招呼那兩個女人趕快走。

朱青也招呼劉雅和兒子趕緊走。

爬上河堤時，朱青看見河床上空蕩蕩的，剛才水邊的那些人都不見了，包括那兩對年輕夫婦和他們的孩子，只有一窪幽暗的水，像一隻將要閉上的眼睛。一個肥胖的男人從水窪裡爬上對面的岸，他的身體變得越來越小。

鐵絲網外面的音樂和吆喝聲越來越清晰，朱青、劉雅和兒子順著石砌的臺階爬到公路上，一群老人坐在樹蔭下的木頭椅子上聊天，幾對情侶在吃燒烤，有位頭髮雪白的老太太拿著一條癟癟的編織袋，把手伸進垃圾箱裡掏東西，她的身子傾得那麼厲害，彷彿要把雪白的頭也鑽進垃圾箱裡。

朱青想，今天是地質博物館開館日！

遍地太陽

1

走新疆之前，龍嘯去了趟五臺山。五臺山是中國四大佛教名山之首，文殊菩薩的道場，還被列入世界文化景觀遺產名錄，但龍嘯去既不是為拜佛，也不是為旅遊，只是覺得這樣做心裡踏實些。

那年夏天烏魯木齊發生的事，龍嘯也曾坐在電視旁，趴在電腦前關注過，很為那裡的人揪心。後來，龍嘯每次聽到新疆的消息，幾乎總是和那有關，但畢竟相隔遙遠，距他家鄉三千多公里，坐快車得三十多個小時，乘飛機也將近四個鐘頭，感覺純粹是兩個世界。偶爾想吃羊肉串，就專門找那些高鼻深目的漢子，他們烤出的羊肉串，比自己本地的要道地得多。接送孩子的時候，路過食品街那家新疆人開的餐廳，裡面歡快的音樂讓他常想跟著手舞足蹈，每次總是停下來買兩個饢。他從來沒有想過要去新疆討生活。那時，他們廠子已經走上下坡路，生產的鋁製品不斷積壓，一家子公司被賣掉，開發了房地產。但總廠在龍城最繁華的柳巷建起當時山西最好的影視城，說要轉型發展。許多人相信高管的話，認為公司真的在轉型。誰也不會想到廠子潰壩一樣，說不行就不行了。

重新走向社會，龍嘯兩眼一抹黑，驚詫地發現自己居然什麼都不會。他像一條魚，哪怕水變得很渾濁，甚至散發著惡臭，也能習慣性地張開口隨時喝上幾口。現在被拋上岸，只能徒勞地拍打著尾巴，眼睜睜地大口喘氣。

那段時間，他抑鬱極了，不想出門，害怕鄰居們問起他為啥不上班。就是買袋鹽，也偷偷摸摸等人少的時候去。即使這樣，到了街上，聽到汽車喇叭、工地機器、流行歌曲這些亂七八糟的聲音就耳鳴。只要有人一喊人的名字，就以為是喊他，緊張地打個哆嗦。回了家，耳鳴會一直持續，好像廠子裡多年停止運轉的機器在他腦子裡重新啟動。他變得易煩易躁，一丁點兒小事控制不住就生氣。樓上鄰居生了小孩，親戚朋友來探望，他嫌吵鬧。孩子半夜裡哭，他被吵醒再睡不著。照顧孩子的婆婆挪動椅子，掉個東西，他也生氣。上樓吵了幾回，不管用，他便一聽到樓上有聲音就打 110。警察來了幾回，看他的眼神越來越奇怪。後來，再打電話，警察就不來了。

一天，妻子送孩子上學時，被電動自行車撞斷手臂，龍嘯不得已開始每天接送孩子，買菜，做飯。那段時間，他拚命從報紙、網路上搜尋工作，可是學歷、年齡、工作經驗等一條條卡下來，居然沒有一個適合他的。龍嘯沒想到，自己才40歲，就被社會狠狠甩在了一邊，當初他在縣裡可是高考狀元，讀的也是名牌大學。

為了生活，龍嘯當起了快遞員。每天起早摸黑，很是辛苦，很是累，晚上做夢都在背著石頭上山，但到月底，拿到四千多元，是在廠子裡的兩倍。龍嘯快樂了沒多久，騎著三輪摩托車送貨時便像夢遊一樣，看見無數的高樓水草一樣拚命從水底往天空鑽，汽車像龐大的鯊魚，人被擠壓得在各種縫隙裡倉皇躲藏。他想起小時候去河裡摸魚，那些小魚躲在岸邊的水草裡或石頭下，被他狠命地掏出來。他感覺自己就是那些魚，逃啊，躲啊，那一幢幢寫著門牌號的樓層陷阱一樣讓他害怕。他常常停在單元門口，打了電話，不等戶主出來，就匆匆逃掉。接到幾次投訴之後，龍嘯拉著一車東西直接進了公安局，打 110，扔下車子跑掉了。

龍嘯的父親多年來一直待在鄉下收瓜子，年事漸高，缺個幫手。以前叫他回去，他總是有許多理由推搪。這次他主動告訴父親想回去，父親早巴不得他這樣。

一年之內，龍嘯為了收瓜子，跑遍臨近各個縣，還跑到內蒙古去。越往外跑，竟越暢快，有種重新找到水源的感覺。他想，知道是這樣，早就把那個爛工作扔了。但他又不甘心，上了那麼多年學，讀了名牌大學，就這樣混一輩子？

那還不是把父親的生活重複了一遍？而且，這種良好感覺沒維持多久，他就發現危機了。買主那頭「傻子」「洽洽」為了降低成本，不等在地頭收他們這些經紀人的貨了，而是派出自己的業務員去源頭收購，他在內蒙古就遇到幾次。

龍嘯想，假如這種生意不能做了，年近七旬的父親將和村裡的許多農民一樣，下地去刨食，可能也憑著積蓄度過餘生，但肯定不是忙碌了一輩子的父親想要的生活。而且自己又得重新選擇生活，猶如第二次下崗。他一定得早點想辦法，不能像以前在廠子裡那樣，一直等下去。

想來想去，龍嘯想到了新疆。新疆地方大，溫差大，氣候複雜，聽走過新疆的人講那裡種啥東西都挺多。因為季節氣候等因素，和龍嘯他們當地的作物有時差，耽誤不了這邊的。沒有人去，一來是因為太遠，二來人們害怕。龍嘯覺得自己應該賭一把，險中求富貴，別人不願意去，不敢去，那些家大業大的企業，也不一定願意去那兒湊熱鬧，說不定潛藏著很大的市場。自己要是把握住，說不定幾年就能幹出個樣子，再不用東奔西跑地當經紀人了，而是可以幹更大的事業。萬一幹不成，也就損失點兒路費。

有了這個想法，龍嘯就開始留意，看能不能在那邊找個熟人，沒想到得來全不費工夫，在高中同學微信群裡竟發現夏微雨。

由於這幾年境況不好，龍嘯不願意和同學連繫。被拉進微信群後，看到同學們似乎哪一位都比他過得舒服，他就不進群了。自從收上瓜子後，才又慢慢和大家連繫起來。但進了微信群基本不說話，只是看。夏微雨就是這段時間出現的，她特別能說話，彷彿每天有大把的時間沒事幹，誰一起個話頭，她馬上就往下接；沒人的時候，她自言自語；還時不時把自己做的菜晒上來。她居然就在烏魯木齊工作。她每天說新疆的羊肉串、大盤雞、哈密瓜，喀納斯、五彩河、魔鬼城、吐魯番，熱情地邀請同學們去新疆玩，彷彿自己在那兒是女王一樣。

那時，夏微雨坐在龍嘯後排，齊肩髮，寬臉，在班裡女生中間算不上漂亮，但因為成績好，歌唱得好，性格爽朗，很引人注目，尤其是吸引他。他每天有機會就觀察她。夏微雨走路很帶勁兒，屁股扭來扭去，手一甩一甩，彷彿能把整個世界甩在身後。她喜歡穿白褲子，走在校園裡的黃土小路上，比現在許多名模走在伸展臺上神氣得多。龍嘯不知道這就是性感，他只知道自己想看她。每天中午放學後，總是磨蹭著跟在她後面排隊打飯，看見她吃什麼菜，他就打什麼菜。

他記得有句古話說，不是一家人，不吃一鍋飯。他迷信地認為和夏微雨吃同一鍋飯，以後就可能成為一家人。高三時調座位，夏微雨坐在了他後面。他幸福極了。更讓他感覺幸福的是他只要跟夏微雨說，給我唱首歌吧，夏微雨就開始唱，從來沒有忸怩過。她只要開口，不管是正兒八經唱，還是輕輕地哼，馬上會讓龍嘯忘掉這是緊張壓抑的高三。兩人雖然沒有表白，但都明白對方喜歡自己。夏微雨除了會唱歌，還會疊幸運星。每天給他疊一個，塞進空墨水盒，墨水盒越來越滿，像漸漸要實現的希望……

2

龍嘯沒有循著常規拜佛的路線走，而是選擇大朝臺，這通常是戶外徒步愛好者走的路線，需要沿著山脊穿越五個平均海拔 2500 公尺以上的臺頂，全程 60 多公里，除了爬山，還要穿越冰川期留下的石臼群。

龍嘯暗下決心，一定要把五個臺頂走完，他覺得這關係到新疆之行能否成功。

從家裡出來時，龍嘯感覺已經踏上了去新疆的第一步。

在火車站的候車廳，龍嘯遇到許多裝備齊全的戶外運動者，看看自己，腳上是普通運動鞋，背上是軟塌塌的雙肩包，特別是進了車廂後，這樣穿戴的兩個女人和一個大男孩坐到他對面時，龍嘯不安起來，瞄了瞄他們的高幫登山鞋、衝鋒衣，把腳往回縮了縮，想非得這樣嗎？

年齡相對較大的那個女人特別愛笑，但每次笑到一半就想起什麼似的突然停住，把目光轉向旁邊的大男孩。大男孩顯然是她的兒子，站起來個子比她都高，不愛說話，一上車就一連打了十幾個噴嚏，然後拿出本高三物理書看起來，邊看邊吸鼻子，揉眼睛。年輕點兒的女人是男孩的姑姑，一直在忙活，一會兒擦桌子，一會兒削蘋果，剝橘子，邊忙活邊向嫂子和姪子說大朝臺的故事，第一次怎樣，第二次怎樣。

她竟然已經來過兩次了。龍嘯下意識地低頭看了看，她穿著一條靛藍色的有鳥標誌的衝鋒褲和一雙高幫登山鞋。這種顏色的褲子太奇怪了，龍嘯只見過這麼一次。他想知道她穿什麼顏色的襪子，但鞋幫太高了，看不到。

雖然事先做了攻略，但對於龍嘯來說，這仍然是一條茫然的路。

對面的姑嫂開始談論北大和清華哪個更好，五臺山哪個臺的風景最漂亮。對面的男孩又開始打噴嚏，還是一打十幾個。龍嘯閉上眼睛，火車聲咔嗒咔嗒，沉悶極了。

等龍嘯睜開眼睛的時候，小桌板上堆滿了擦鼻涕的衛生紙，他微微皺了皺眉頭，對面年長的女人臉紅了，趕忙收拾這些衛生紙。

快到五臺山車站時，許多人站起來收拾東西，龍嘯也收拾。忽然那個年長的女人問，一個人？嗯。和我們一起走吧？龍嘯心裡一陣溫暖，差點兒點頭。那個男孩忽然又打起噴嚏來。龍嘯轉口說，不了。女人哦一聲，招呼孩子和小姑去了。龍嘯有些失落和後悔，不清楚自己為什麼要拒絕對方。下車的時候，他緊緊地跟在他們後面，希望和他們住在同一個旅店裡。

出了站，這三個人朝其中已經聚集了不少人的一面旗幟走去。龍嘯遲疑著，想是不是跟著他們去，看有沒有住處。

這時一個渾身散發著寒氣的女人衝到他前面招徠生意：「住宿嗎？一晚10元。」龍嘯游移不定中，那三個人被大旗領著朝遠處亮燈的旅店走去。

龍嘯跟著女人進了車站西邊的一家旅店。房間很簡陋，三張床，一臺老式電視，窗玻璃破了一角，風呼呼刮著。龍嘯在地上轉了個圈問道，我明天要去東臺看日出，能幫忙找一下車嗎？老闆說，要是有車的話，大約三點半叫你。

睡夢中，忽然有人猛烈地敲門，門外有聲音喊，快起，兩點半有車上山。龍嘯趕緊穿好衣服，跟著老闆出了門。

幾盞燈掛在火車站廣場邊上，昏黃的光只在燈柱周圍投下一圈朦朧的黃暈，偌大的廣場上黑乎乎的，夜晚顯得深不可測。龍嘯揉著眼睛上了中巴車，隨著車上的驢友向山門進發。到鴻門岩，一下車走入一片銀白，漫天都是星星，照得山路發白。同車的驢友們在整理裝備，龍嘯沒啥可弄的，便沿著豎著旗杆的山路往上爬，在東臺頂看完日出，龍嘯獨自從山脊上切過去往北臺走。從號稱「華北屋脊」的北臺頂往前走時，龍嘯明白裝備的重要性了。這段路有的地方布滿草窩子，裡面有積水不斷往外流，踩上去就打滑；冰臼群的石頭高低不平，一不小心就磕一下腳；背包帶子越來越勒，包與背接觸的地方潮溼得好像要長出蘑菇來。突然間天迅速黑下來，竟下起冰雹，每一顆冰雹有黃豆大，越下越密集，周圍的山坡模糊得看不到了，冰雹打在石頭上又硬又急。龍嘯擔心冰雹下得更大迷了路，他可是一個人大朝臺，誰也不知道他被困在路上。越想越急，路更加看不清了，一腳踩滑插進石窩子裡，左腳腕扭了。龍嘯不敢停，繼續往前走，每走一步腳腕鑽心的疼。所幸冰雹下幾分鐘就停了，到了西臺法雷寺。

有幾個人和路邊等候的小巴司機嘀咕著，原來幾個人聽說晚上要投宿的獅子窩已經住滿人，急著要趕過去。龍嘯心存僥倖，想自己就一個人，到了獅子窩咋也不愁找個地方躺一晚。幾個人坐上車招呼他時，龍嘯發現腳腕已經腫了，但他想到大朝臺關係到自己的新疆之行，決定和自己較較勁。

有段很長的下坡路，水泥被碾壞了，到處是石子，很不好走。每挪一步，身體的重量就全部落到腳腕上，疼痛難忍。龍嘯想了個辦法，調轉身子，倒退著一步一步往下順。腳腕上受的重量減輕，好像不太疼了，只是不停地有車駛來，捲起陣陣塵土，嗆得他喘不上氣來。

下到半山的時候，忽然看到一隻狐狸，黃身子，黑尾巴，尾巴尖上有截白毛。看到龍嘯，躲進草叢裡，卻沒有跑遠。隔了一會兒，探出腦袋打量他。龍嘯從背包裡掏出根火腿腸，剝開皮，放在手上。狐狸豎起耳朵，但不往前走。龍嘯把火腿腸咬了一口，放在路邊的一塊石頭上，往後退了幾步。過了幾分鐘，狐狸跑過來，猛地叼住火腿腸躍進草叢裡。龍嘯繼續往前走，忽然，狐狸又在前面出現了，黃身子，黑尾巴。龍嘯再往前走，狐狸只是往路邊躲了躲，認真地瞧著他。龍嘯掏出塊巧克力，放在手裡，狐狸跑過來。龍嘯摸了摸狐狸的毛，滑溜溜的。狐狸的小鼻頭觸在他手上，涼涼的，舔巧克力的舌頭卻熱乎乎的。走出好遠了，龍嘯還感覺背後有一雙眼睛盯著他。

好不容易走到平路上，到獅子窩還有很長一段路。腳腫得更厲害了，每拐個彎，龍嘯就想，要到了吧？可轉過彎還是灰撲撲的路，路兩邊的松樹葉子上落滿灰塵，像蓬頭垢面又無精打采的女人。走著走著，對面出現一群從南臺過來的尼姑，每走三步就趴到地上磕個長頭。走在最前面的年輕尼姑忽然停住了。龍嘯看見她前面有攤水，假如撲下身子磕頭，就趴到水裡了。他為她發愁。小尼姑回頭看了看後面跟著的年長尼姑，遲疑一下，幾步跨過那攤水，繼續趴到地上磕頭。龍嘯快樂起來。

到了獅子窩，龍嘯的腳不能動了。果然沒有住的地方，連個湊合的地方也沒有。當地的山民們招呼去他們山下的農家樂住。龍嘯與幾個同樣沒住處的人一起搭伴到了那兒，找開水燙了腳，早早鑽進被子裡。一晚上腳不敢動。

第二天早上竟感覺好了許多，龍嘯於是僥倖起來，吃過早飯和幾個一起投宿的人順著店家指的小路沿著谷底朝南臺去。走了不到一公里，又開始疼得要命，龍嘯望著松樹林上蒸騰的氤氳之氣和遠處連綿起伏的山脈，知道剩下還有十幾公里路，走不完了。他讓幾位同伴先行，望著他們消失的背影，龍嘯覺得新疆遙遠起來，遠得一輩子都不可能抵達。

天上的雲一團團散開，太陽出來，草葉上的露珠乾了。

龍嘯呆呆地坐了會兒，陽光把身子烤得暖烘烘的，他索性躺下去，壓在根樹枝上，靈機一動，拾起來拄了拄，長短正合適。昨天腳扭之後，一直想找個樹枝，就是找不到。五臺山草多樹多，可一路上走過的基本是草甸和松樹林，沒有硬而長的適合拄的樹枝。不知道這兒怎麼就出現一根。龍嘯還想再找一根，卻把周圍轉遍了也沒有。

拄上樹枝走了幾步，腳減輕壓力，沒那麼疼了。龍嘯快走幾步，也能撐下去。他高興起來，太神奇了，怎麼會出現這麼一根樹枝呢?簡直就是文殊菩薩的拐杖。要是能堅持爬到南臺頂，以後把這根樹枝供起來。

走出谷底，走進一片松樹林，龍嘯突然遇到昨天火車上坐在他對面的那兩個女人和大男孩。他們正在拍照，龍嘯幫他們拍了張合影，年長的女人發現他腳不對勁，問，怎麼了？

不小心扭了腳，龍嘯回答。

把這根登山杖拄上吧，女人直接就遞過手中的一根登山杖。

不用，不用，你也得上山呢！龍嘯漲紅臉推辭著。

我這不是還有一根嗎？女人把手中的另一根登山杖揮了揮。

龍嘯推辭。女人卻堅持給他。龍嘯想到腳和剩下那麼遠的路，覺得再拒絕就矯情了。他接過登山杖，卻又有些內疚。

登山杖長短正合適，搭配上樹枝，走起路來輕鬆多了。龍嘯頓時信心十足，相信一定可以登上南臺頂，完成大朝臺。沒想到剛走幾步，樹枝突然斷了。女人敏捷地說，樹枝完成它的使命了。龍嘯回味著她的話，想幸虧遇到這個女人。

女人體力比較弱，一路上不斷地休息。她的兩個旅伴很好，從來不催促，她歇息時他們就拍照，搞得好像專門來攝影一樣。而女人不顧勞累，每次興致勃勃地配合著小姑擺造型，光跳起來「飛」的動作至少做了不下十次。他們每次拍照總忘不了龍嘯。幾個人熟悉後，聊的內容就多了。她們來五臺山大朝臺是為了孩子。說到孩子，女人目光沉靜下來，臉上出現絲陰影。

她說他是個好孩子，學習很認真用功，可是得了鼻炎。

龍嘯問，鼻炎不難治療吧？女人說，普通鼻炎不難治療，可他得的是花粉過敏型鼻炎，我們先前也覺得沒啥大問題，可是中醫西醫看了不少，一直效果不明顯。我還從網上找到乾隆皇帝的御醫黃元御留下的藥方——桔梗元參湯和五味石膏湯，給他配著喝了，也不大見效。有天孩子他爸讀到美國很有名的作家懷特寫的文章，他也是鼻炎患者，書中提到美國國務卿韋伯斯特因為鼻炎，居然放棄了總統競選。他們的症狀基本一樣，爆發時鼻涕增多，兩個眼睛發癢，不停地打噴嚏。你說，連美國國務卿和著名作家得了這病都治不好，咱們普通人有什麼辦法？巧的是高考正是孩子病發時。話說著，孩子那邊彷彿有感應似的，又連續打起噴嚏來。望著這位善良的女人，龍嘯嘆了口氣。女人抬起頭說，不說這個了，你是幹啥的？

龍嘯說了說自己的情況。女人聽著蹙起了眉尖，臉上現出擔憂的神色。龍嘯覺得不應該讓女人為自己擔憂，他便說自己現在收瓜子，大朝臺是為了到新疆去。女人臉色好起來，說要去就趕緊去，決定了，別猶豫，她在新疆見過很漂亮的向日葵。

四個人做伴，不知不覺十多公里就走完了。登上南臺錦繡峰，坐在普濟寺的迴廊裡，龍嘯覺得不可思議，大朝臺竟完成了！

分別的時候，他們互相留了連繫方式，女人叫藍衛。龍嘯說，藍衛，以後你家別買瓜子了，我給你寄各種味道的。

女人說，回去馬上把照片發給你。

下山時，許多說不出來的東西把龍嘯心裡塞得滿滿的。

路過山腳兜售旅遊紀念品和土特產的地方，忽然看到旁邊擺著些鐵絲籠子，圈著幾隻狐狸。他大叫停車。

籠子都不大，每個大概長二尺，寬一尺，高一尺。裡面的狐狸呆呆地臥著，眼睛瞇著不知道盯著什麼，幾隻蒼蠅在牠們面前亂飛。牠們的毛色或白或黃或黑，也有雜色的，但沒有一隻像山上見到的那隻，有那麼多種漂亮的顏色而且有光澤。

老闆看到龍嘯感興趣，就說老闆您買一隻放生吧。龍嘯問，山上那些狐狸是人們放生的？老闆說，是，積德呢！龍嘯問，你們這些狐狸哪裡來的？老闆說，人工養殖用皮的，我們買下來積德。龍嘯問，那你為啥不把牠們放生？老闆生氣了。

龍嘯不知道山上的狐狸是不是從這裡買下放生的，也不知道老闆的狐狸是不是從山上捉來的。他看到狐狸籠子旁邊還有麻雀籠子，裡面有幾隻麻雀頭上沒了毛，露出光禿禿的紅肉，似乎還有血斑。

3

龍嘯在發給夏微雨的微信上說，我要到新疆！說完這句話，他想起夏微雨當年的樣子，龍嘯設想著他們見面的地方和對方的模樣，有些燥熱。夏微雨現在幹什麼呢？龍嘯想起那年的高考，要不是他覺得夏微雨比他考得好，自卑的心理作祟，不給夏微雨回信，他們現在……

等了一天，夏微雨沒有回覆。龍嘯查看同學群，前幾天的記錄他刪除了，昨天從他給夏微雨發那條微信起，夏微雨再沒有在同學群裡說一句話，以前可是不時冒出來說幾句。

他揣度著夏微雨手機出故障了，還是忙得顧不上上網，遺憾地訂了到烏魯木齊的機票。

整理行李時，龍嘯帶了把瑞士軍刀，沒想到過安檢時，被查住了。龍嘯問，瑞士軍刀不是世界上唯一可以帶上飛機的刀具嗎？他記得在哪裡看到過這句廣告語。安檢的警察說，去新疆不行。那本來已經消失的不安情緒又回來了。到了烏魯木齊，龍嘯沒想到住快捷酒店也要過安檢，這是在內地從來沒有遇到過的，龍嘯覺得既安全又緊張，還有種新鮮感，這麼嚴密的防範措施，搞破壞的人進不來吧？

收拾好東西已過六點，因為時差的緣故，卻還是半下午。龍嘯帶上皮夾和身分證出了門。在大巴紮的乾果攤上，他見到許多種類的瓜子，有葵花子、白瓜子、吊瓜子、西瓜子、南瓜子、黃瓜子、絲瓜子等，其他不說，光葵花子就大的、小的、奶油的、五香的、茶葉的、原味兒的、鹹的等好多種。龍嘯各樣挑了點兒，又買了個哈密瓜和一串葡萄。

回到酒店，龍嘯拿出新疆地圖冊翻了半天，沒有頭緒。他打開手機，看到微信閃爍，心裡一喜，以為夏微雨給他回信了，卻是藍衛給他發來了前幾天去五臺山的照片。龍嘯沒有想到他們給自己拍了這麼多。以前去外邊遊玩，有時別人也給他拍幾張照片，大多沒有結果，發回來的極少。龍嘯想藍衛真是個善良、熱情、認真的女人，自己要是能幫幫她兒子就好了。忽然他來了興致，看看時間才十一點多，也就是內地的九點多，他問藍衛要了地址，跑到水果店買了十個哈密瓜，裝好箱子給她快遞過去。

再次回到房間，還是沒有夏微雨的回信，同學微信群裡卻已經有了幾百條訊息，他爬樓看上去，沒有一條夏微雨的。龍嘯有些擔心，夏微雨出什麼事情了？他試著撥打她的電話，已經關機。龍嘯有些著急，害怕夏微雨真的出事，可又沒有她的其他連繫方式。問微信群裡的同學們，同學們也不知道。

在焦慮中，龍嘯失眠了。他翻起微信朋友圈，夏微雨大概把朋友圈封鎖了，和以前一樣，什麼也看不到。翻到藍衛的時候，裡面大多是關於戲劇、佛教、書法、讀書方面的一些感想，龍嘯讀著就陷進去了。一篇篇讀下去，翻到她兩年前的微信時，極罕見地出現幾組風景照，都是關於新疆的。

龍嘯看到了喀納斯湖、五彩灘、一萬泉、克拉瑪依魔鬼城等美麗的地方。但吸引住他的是個叫北塔山的地方，那個地方看起來很荒涼，有張照片上是哈薩克斯坦和中國的界碑，但突然出現一片金色的向日葵，像把這片荒涼的地方點燃了。龍嘯覺得這是藍衛在指引他，他想起她幫助自己走完大朝臺，決定明天到北塔山去。

去北塔山的路想像不到的荒涼，除了戈壁灘就是鐵鑄似的褐色山脈，寸草不生，像科幻片中沒有生命的異星球。許多明黃色的碩大機器，上面標著浙江某某企業，《變形金剛》

中的「大黃蜂」一樣，在地下挖掘，旁邊是挖出來的巨大花崗岩。

到了北塔山已是下午，迎面而來的是一排排高大的植物，居然是龍嘯見慣了的楊樹，但是它們的葉片又小又硬，搖晃在九月的大風中，像鐵做的一樣，閃爍著細碎的白光。

路邊有座小山，山頂上有座白塔，龍嘯想起五臺山，想起標誌性的大白塔。但這座塔沒有五臺山的白塔高大莊嚴，聳立在山頂上又細又小，像避雷針。顯然它是這裡的制高點，也是景點，上面影影綽綽有幾個人影在參拜。塔下面臺階的鐵扶手上，一串學生模樣的孩子坐在上面往下滑，滑到底下後，又爭先恐後往上跑，看誰先占住最上面的扶手，然後又一串滑下來。龍嘯沒有想到現在還有小孩兒玩這個，他小時候，同學們熱衷於從電影院的木頭欄杆上一次一次往下滑，褲子屁股那兒磨得鏡子樣光亮。

幾十年過去，隔著幾千里遠，又看到這樣的情景，龍嘯心裡有種說不出的感傷。他去了附近的小賣部，買了些零食和文具，來到這座小山前，孩子們還在玩剛才的遊戲。龍嘯吆喝著，把袋裡的東西掏出來，孩子們歡呼著跑過來圍住他。他們果然是學生，有漢族的，也有哈薩克族的。

龍嘯問他們村裡誰家種向日葵？我！我！我！孩子們像回答老師提問那樣爭先恐後地

舉起手臂。龍嘯被一群孩子簇擁著，朝村裡走去。在一個矮小的院落前孩子們停住。有個領頭的上前敲了敲門問，有人嗎？裡面沒有動靜。他又提高聲音喊，裡面有人嗎？還是沒有動靜。孩子用勁一推，門開了，裡面還是沒有人的動靜。領頭的孩子已經邁步進去，龍嘯覺得有些不妥，但後面的孩子也跟著湧進去，他們還招呼龍嘯快進去，龍嘯便跟了進去。

屋子裡面最顯眼的是靠牆有條通鋪似的炕，上面鋪著塊綠色的漆布，牆上面貼著張過時的年畫，胖娃娃上面落滿灰塵。對面凌亂地擺著些家具，大的大，小的小，顏色各異。牆角有個紅顏色的鐵皮暖壺，漆已經掉得差不多了。最使人新鮮的是炕腳下有個小小的搖籃，垂著簾子。

領頭的孩子已經在屋子裡轉了一圈，說沒有大人，估計是在地裡，我去叫他們。龍嘯還沒有來得及阻止，他已經風風火火跑了。龍嘯問，地遠嗎？他怎樣去？另一個孩子回答，別管他，一會兒就回來了。他騎自行車去。

龍嘯覺得主人不在，待在人家房間裡不大好，便說咱們去院子裡等吧。忽然搖籃裡傳出聲響動，龍嘯好奇地湊上去，掀開罩在上面的花布，一張小小的臉張開眼睛，並不哭，而是揮舞著手要什麼。龍嘯不知道他是渴了，尿了，還是餓了，他下意識地把手伸過去。孩子突然抓住他一根手指不放。小手溼漉漉的，帶著奶味兒，有種神奇的溫暖和力量。龍嘯捨不得放開，任由他抓著，用另一隻手逗了逗他，孩子笑了。然後龍嘯聽到下面傳來窸窸窣窣的聲音。他把被褥掀開，看見搖籃底下有個洞，接著個小盆，裡面有層鮮黃的尿液。孩子努力了幾下，不動了，但還是牢牢抓著他的手指。龍嘯不知道這個孩子單獨放在屋裡多久了，他問旁邊的孩子，你們這裡都是這樣照看小孩嗎？大人出去不關門？孩子們七嘴八舌回答，都是這樣，我家也是弟弟一個人待著。

龍嘯覺得不可思議。他想在城市裡，大人帶著孩子形影不離，自己照顧不過來再把雙方的老人接過來，或者雇上保姆，一刻也不敢讓孩子離開大人的視線。他把孩子輕輕抱起來，孩子笑了，一隻小手揮舞著，另一隻還是緊緊攥著他的手指。

龍嘯手和手臂發困的時候，聽見屋外響起摩托車突突的聲音。孩子們又爭先恐後地說，回來了！回來了！龍嘯看見兩個臉膛晒得發黑的男人走進來，頭髮上都是沙子和土。奇怪的是他們的鞋，是那種已經很少見到的手工做的布鞋，破了洞，露出幾個黑乎乎的大趾頭，上面的指甲縫裡漬滿黑泥。龍嘯不知道多少年沒有見過穿破鞋的人了，一下不知該說什麼好。兩個男人看見龍嘯，侷促地笑了笑。年輕的那個從龍嘯懷裡往過接孩子，孩子還緊緊抓著他的手指頭。男人不好意思地笑笑說，我去給他弄點吃的。沖了半壺奶，嘗了一口，塞到孩子嘴裡。孩子手鬆開了，抱住奶壺咕咚咕咚喝起來。

龍嘯問，你們種向日葵？嗯！兩個男人一起點點頭。種了多少畝？五百畝。年輕的那個回答得快些。長得怎樣，我能看看嗎？龍嘯問。我們種的時候簽了合約。年輕的邊說邊去找合約。年老的說，今年年分不好，前半年太旱，一滴雨都不下，後半年進入八月每天下，剛停沒幾天，向日葵都澇死了。是啊，是啊，那幾天到處都是雨，每天從早上起來下到晚上，從晚上睡下下到早上，誰也沒有見過那麼大的雨，死了好多羊。我們還放了幾天假。一個孩子插嘴說。龍嘯心裡咯噔一下。

年輕的把合約找出來，龍嘯仔細瞧了瞧。合約很正規，上面嚴格寫了對向日葵每個盤子的籽粒數、大小、色澤的要求，價錢也不錯，一斤七元錢。這樣的要求，在正常年景也得上等貨，龍嘯想起年老的男人說的今年的狀況，他心裡嘆口氣，問道，能帶我到地裡看看嗎？

男人把孩子放到搖籃裡，拉上門。咱們就這樣走？龍嘯懷疑地問。他覺得至少男人應該多陪陪孩子；或者，他不知道男人把孩子帶到地裡對，還是這樣子對，但總覺得這樣匆匆回來，又匆匆走了，對不起孩子。門還不上鎖。男人說，沒事兒，他習慣了。

龍嘯坐著年老男人的摩托，年輕的在他們前面帶路。龍嘯看見前面摩托的商標牌子磨損得只剩下個「日」字，像日本兵投降時降下的國旗。減震器嗡嗡響著，濾油器大概出了毛病，不住地往下滴黑油。黃土蕩在龍嘯臉上，像刷了層水膠，皺巴巴難受。在風中，樹葉裡面藏著無數小人用刀在廝殺，日頭偏西，照在兵器上泛出血一樣的紅光。龍嘯感到有些冷，可是又不想和前面騎摩托的男人貼得太近。

到了葵花地，像看到雨打殘荷。葵花稈被機槍掃射過似的一片片躺在地上，一位披頭散髮的女人跪在地裡扶那些葵花稈，膝蓋壓在乾枯的枝葉上發出骨頭斷裂似的聲音。這時龍嘯突然聽到了搖籃裡孩子的哭聲，不是傷心失望，不是怒不可遏，只是在哭，一聲接一聲，像水龍頭在漏。他疑惑地瞧瞧女人，她顯然沒有聽見，依然在扶那些葵花稈，連他來了都沒有發現。

龍嘯心疼地撿起個與地黏在一起的葵花盤子，搓去上面的泥巴，瓜子被水泡久發白，籽粒數、大小、色澤沒有一樣符合合約上的要求，雖然他早已預料到，但還是難受。這樣的瓜子根本不可能賣到七元一斤，五元也不行。他估摸了一下，他來收購的話，一斤最多只能給他們四塊七，這樣除去土地承包費、籽種、化肥、澆地的水費、人工費，五百畝向日葵得賠三十萬。龍嘯被這個數字驚呆了。

兩人眼巴巴地望著龍嘯，年老的那個腳趾頭在不由自主地顫抖。

龍嘯問，問過和你們簽合約的人了嗎？

年輕的那個男人說，他們再有兩三天就過來。

龍嘯說，給他們打電話吧，這瓜子，不好賣。

兩人的臉唰地白了。不，不可能吧？年老的結巴著問。

龍嘯搖搖頭。

年輕的趕緊掏出手機。

田地裡，女人還跪在地上扶那些倒了的向日葵，龍嘯看見那數不清的倒在地上的稈子頭皮發麻。

年輕男人掛了電話，臉色更白了，甚至不懂得掩飾自己的神態，直接問龍嘯，你能出多少錢？

龍嘯沉默半天，低聲吐了個數字，四塊七。

殺人吶！年輕男人蹦了起來。

龍嘯垂下頭，為自己說出的價錢難受，覺得對不起這家人。但是他在心裡已經盤算過好幾遍，四塊七收上，他最多只能掙八分錢，還得承受風險，是他收瓜子以來最低的利潤了。

年老的那位抬起頭，額頭的皺紋一層層堆積起來，像老樹皸裂的樹幹。龍嘯不敢看。男人用顫抖的聲音問，不能再加點嗎？

龍嘯仔細盤算了一下，難受地回答，最多四塊七毛三。他感覺自己瘋了，用這個價錢收上，稍微出點兒問題就賠了。

年老的男人突然臉紅起來，眼睛和鼻子同時溼潤了，然後淚就流出來。龍嘯感覺很難受，但他沒有辦法安慰他，他痛恨起自己的職業來，覺得自己有些無恥。

回去的路上，只有年老的男人載著龍嘯，年輕的和女人留在地裡。一路上，兩人都不說話。龍嘯耳邊不停地響起搖籃裡那個孩子的哭聲。好不容易望見那座小小的白塔了，太陽就掛在上面，像被戳了個窟窿。龍嘯讓男人到了那兒把他放下。男人一把他放下，就趕緊掉頭往地裡去了，根本沒有回家去看孩子的意思。龍嘯想再去看看那個孩子，讓他把手指頭緊緊攥住，但是他不敢去了。

那群孩子看見他，又圍上來，剛才那個領頭的幾步跳到他面前打問，收上了嗎？龍嘯搖搖頭。他問，你們這兒還有種向日葵的嗎？男孩搖搖頭又點點頭，前幾年種的人多，但種下基本都是自己吃。後來外邊的人來包地，一種好大一片。前年有幾個河南人包了幾百畝地，種得賠了，一家人喝上藥都死了。現在種的人少了。說完，男孩補充一句，就埋在那邊。男孩指了東面一下。龍嘯心裡涼颼颼的。

晚上，龍嘯住進北塔山唯一的旅店，他把拍了那座小塔的照片給藍衛發過去。不一會兒就收到藍衛吐著舌頭的回覆，問這是哪裡呀？龍嘯回答，北塔山。藍衛說，我前年去過。龍嘯想說看到你微信裡的照片了，忽然想到前年不是男孩所說的河南人自殺的那一年嗎？他進一步想到，藍衛拍照站的那塊向日葵地可能就是河南人承包的地，趕忙把話頭岔開。

龍嘯正盤算著第二天去哪裡的時候，眼前一黑，停電了。服務員送來一支蠟燭。龍嘯問啥時候能修好電？對方回答不知道。風把蠟燭的火苗吹得晃徘徊悠，把龍嘯的影子拖得長一下短一下。房間裡居然沒有廁所，房門也鎖不住。龍嘯忐忑中進入夢鄉，幾次夢到有人闖入他的房間。醒來聽見風拍打著窗戶，遠處又有小孩的哭聲隱隱傳來，他不知道那幾個種向日葵的人回家沒有。

半夜上廁所返回來時，居然跑到別人房間裡了。龍嘯難堪地退出來，突然在樓道裡看到一雙發綠的眼睛，狐狸！他完全清醒過來，肯定這不是狗，不是貓，就是一隻狐狸。他躡手躡手走過去，希望狐狸跟著到他的房間，裡面有瓜子、火腿腸、泡麵。可是當他走到大概只有兩步遠，以為狐狸對他沒有戒心的時候，狐狸輕輕一躍，從旁邊破了的窗戶中逃走了。月光下，他看見一條毛茸茸的尾巴……

後半夜，龍嘯夢到那個孩子緊緊抓住他的手指進入夢鄉，他害怕把孩子弄醒，一動也不敢動。

第二天天一亮，龍嘯就爬起來，發現自己左手攥著右手的中指，兩隻手都發麻。揉搓半天，看見太陽從白塔後面一點一點往上爬，像刺破中指流下的一串串血珠。

龍嘯出了門，涼爽的空氣讓他打了個激靈，太陽已經爬上塔尖，還在繼續往上爬，很快就超過白塔，掛在空中。

龍嘯不知不覺走到昨天那個院子前，門還是掩著。想了半天，沒有進去，而是買了兩袋奶粉，連同寫著自己電話的字條一起放到門口。他不希望這家人打他的電話，但又想，假如打，他可以告訴他們「洽洽」收購員的電話，直接賣給他們可能會好一些。

4

返回烏魯木齊的路更加荒涼，那些黃色的大機器轟鳴著，好像一刻也沒有停歇過。巨大的花崗岩被拖上貨車，陸續淹沒在塵土中。這荒涼的異星球好像變小了，像螞蟻啃骨頭，雖然咬下小小一點兒，但肯定咬下了。龍嘯不知道多少年之後，這裡會變成一個湖泊，還是被填上土長滿金色的向日葵，或者一直被挖下去，挖到地球對面去？他忽然感覺有些恐懼。

到了車站，又遇到嚴密細緻的安檢，龍嘯想抓住點什麼，可是連繫不上夏微雨，有些沮喪。

旅客們依次下車，一隻雞突然從籃子裡跳出來咯咯亂叫，引發一陣騷動。

龍嘯打開地圖，北塔山在一片黑點中毫不起眼，他費力地湊到眼前才看見。下一步去哪裡？龍嘯掏出手機，夏微雨依舊沒有任何消息。點開藍衛的微信朋友圈，她剛發了條訊息：兒子數學考了147分。龍嘯點了讚，心情好起來。

1路車到站，吐出一堆人，開始笨拙地轉身。龍嘯有種衝動，感覺它是來接自己的，便上去坐到最後面。車到烏魯木齊一院的時候，上來位穿長袍子的中年女人。黑色的頭巾掀開後，露出花白的頭髮，看樣子也就五十歲左右。

女人兩隻手緊緊抓住圍著駕駛座的金屬欄杆，眼巴巴地望著司機，像做錯事情請求原諒的孩子。

司機說，買票。

女人眼淚瞬間流出來，伸出一隻手擦著，越擦越多。另一隻手攤開，是團衛生紙。

司機說，買票啊！

女人僵著身子說，沒有錢。伴隨著說話，擦眼淚的那隻手像摁快進的開關，淚從粗糙的臉上流到鼻尖上，混合著鼻涕一起流下來，整張臉頓時成了花的。拿衛生紙的另一隻手哆嗦著，拇指和食指比劃出二寸長的東西。

司機嘆口氣發動車，鬱悶地說，沒錢也得買票啊！

龍嘯站起來，但坐在第二排的一位女士先動了，她上前去說，我幫她刷卡。龍嘯聽見車上的人好像都鬆了口氣。

女人一屁股坐在門口第一排的單座上，兩隻手捂住臉，眼淚順著指縫淌出來。背後有個老太太拍拍她的肩膀，遞給她紙巾。女人用勁撕開包裝，抽出一張擦擦，攥在手裡，把剩下的裝進口袋，又用手指在喉嚨上比劃著，用沙啞的聲音說，孩子還不大啊！

食道癌、凶殺、窒息……種種凶險的事情出現在龍嘯腦海。每次見到醫院，他想到的總是疾病和死亡，女人又這個樣子，他替她擔憂起來。

女人邊哭邊述說，龍嘯離得遠，聽不大清楚，只是聽見前面幾個人跟著嘆息。

女人說著可能更加難受，不由站起來，聲音也高起來。

花白的頭髮像頂破舊的草帽，使她那張滄桑的臉不忍讓人目睹。她說她從來沒有出過遠門，昨天晚上趕到烏魯木齊，找不到醫院。走了一晚上好不容易找到一院，可是找了半天也沒有找到孩子，原來不在這裡，在另一個醫院。女人嗚咽著說，一晚上沒有睡覺，也沒有吃東西，早上有個好心人給了她一杯牛奶、兩個包子。她不知道下一個醫院在哪裡。

她的一隻手始終舉著，比劃著個二寸長的東西，像顆無形的釘子，直往龍嘯心裡嵌。背後的老人問哪個醫院，她嘟噥了個名字。有人說應該再有兩站下，倒37路車。有人說問問司機。

女人顯然更信任司機，彎下腰，鑽進圍著司機的欄杆。

司機說，出去，這裡你不能進來。

女人臉上掛著淚花，問××醫院怎樣走？

司機說，再有兩站下，倒37路或42路、4路支線。說完又讓她出去。

女人笨拙地調轉身子，往出鑽。

還是剛才幫她刷卡的那個女人，掏出幾張零錢，塞到她手裡說，倒車的時候用。

龍嘯站起來，往前走了幾步。過了一站，又到一站時，女人還沉浸在悲傷中。龍嘯衝她說，該下車了。女人猛然驚醒，跌跌撞撞往車前門走。司機喊，下車走後門。女人笨拙地轉過身子，小跑著往車後門趕。還沒等車停穩，就跳了下去。龍嘯跟著下了車，女人一把抓住他的手臂問，37路、42路、4路支線在哪裡？我不認識字。龍嘯說，我幫你看。女人緊緊抓著他，怕他走了。

龍嘯小心翼翼地問，你的孩子到底怎樣了？

女人鬆開他的手臂比劃起來，這麼長的釘子鑽進他的喉嚨裡。

龍嘯有些心驚肉跳，硬著頭皮問，現在呢？

在醫院裡搶救，不知道能不能活……

龍嘯感覺比他想像的要好，最起碼還有希望。於是安慰道，做了手術應該沒事。說完打開錢包，掏出五十元鈔票塞給女人，說你買點吃的。

女人沒有推辭，也沒有感謝，接過錢，和剛才那個女人給她的零錢、衛生紙一起團在手心裡，又用另一隻手抓住龍嘯的手臂。

37路車來了。龍嘯告訴女人。

女人說我不認識字，抓著他的手臂不放。

龍嘯嘆口氣，隨著女人一起上車後，買了兩張票。

車上沒有空座位，龍嘯擺擺手臂說，放開我，我和你一起去醫院。

女人說，可憐的孩子。另一隻手比劃著二寸長的釘子的模樣。

往前走，上車的人更多了，龍嘯和女人被緊緊擠在一起。女人不能比劃了，還在自言自語著，嘴巴在他耳邊呼出蔗糖似的氣息。龍嘯想挪動身體，躲開女人，可是車上人太多了，他只好盡量把自己往小裡縮，躲開點女人。可女人像膨脹的熱氣球，他越躲，她越大，不僅她嘴裡的氣息越來越重，而且身體也冒出熱氣來，像冬天的電熱扇。

龍嘯煩躁起來，每一次報站都盼望聽到那個醫院的名字。一次急剎車，女人狠狠蹭了他一下，濃重的氣息讓他窒息。

他突然想起自己第一次接吻。那時上大學，窮，吃不起好東西，兩人只吃了兩個炒麵皮。那天晚上，星星特別亮。

兩人吻時，剛開始嘗到的是麵皮裡面醋的酸味兒、辣椒的辣味兒，但很快就變成女性的香味兒，那種軟、綿、甜的味兒他說不準確，但卻是這輩子感覺到的最好的味道。後來，他們接吻前刷牙，吃口香糖，卻再也找不到那種味道了。此後，他再沒有體會過那種味道，也再沒有見到過那麼燦爛的星空。再後來，城市的天空看不到星星了，龍嘯也基本不想了。現在，在這又悶又熱又擠的公車上想起這些，龍嘯下意識地抬頭望了一下，鐵皮車頂上塗著白色油漆，掉了幾塊，露出深色的鏽跡。

到了醫院，女人依舊抓著他。門口的防暴警察狐疑地盯了他兩眼。女人朝他們說了句什麼，警察笑了，朝他豎起大拇指。他聽見好像是雷鋒，又覺得不可能是。女人的恐懼和信賴讓龍嘯有了勇氣和責任，覺得最起碼應該陪女人找到孩子，反正自己也沒想好去哪裡。

問了手術室之後，走在瀰漫著福爾馬林氣味兒的走廊，不時見到白紗布捂住某個器官的病人，憂鬱地靠著漆著綠色牆圍的牆壁，呆呆地望外面。女人驚恐地抓著龍嘯的手臂，手上的勁兒越來越大，腳步卻越來越軟。龍嘯也開始緊張起來。上了幾層樓，拐了幾個彎，迎面走來一位穿著病號服的女人，脖子周圍纏了幾圈紗布，臉色蒼白，卻微微露著笑容。那笑容使龍嘯緊張的心情舒緩下來，他的舒緩也感染了女人。看到手術室的時候，她甩開龍嘯的手臂，大步衝上前去。

一對疲憊的年輕夫婦坐在走廊藍色的椅子上，周圍是吃剩下的果核、果皮、餅渣子，空礦泉水瓶，像大海退潮後沖上沙灘的垃圾。

看見女人，夫婦一起站起迎上來喊媽。

孩子呢？孩子呢？女人一迭聲地問了幾句。

男的回答，釘子取出來了，醫生在縫傷口。

女人撲通坐在椅子上不動了。半晌，嚶嚶哭出聲來，比劃了幾個小時二寸長東西的手鬆開了。她讓兒子領著她去看看釘子。

龍嘯望著女人慢慢伸展的背，藍衛的笑容浮現出來。要是剛才公車上貼著他手臂的是藍衛呢？龍嘯不好意思地笑笑，藍衛兒子又浮現出來，是十幾個響亮的噴嚏。

5

這時前面出現一個穿白大褂的女人，一道長疤從左眼角跨過整個左臉，還捎了點兒嘴角。

龍嘯看第一眼時感覺恐怖，卻不由自主地又看了一眼。

女人本來目不斜視地走路，發現有人注意她，便低下頭，轉過臉。在她低頭的瞬間，龍嘯發現她的眼神出現一絲疑問。

這是個熟人！龍嘯忽然想到夏微雨。

抹去女人臉上的刀疤和歲月添加的風霜，龍嘯眼前出現一個寬臉女孩，走路屁股一扭一扭的，手好像要甩到天上去。女人已經走過迴廊，向左拐去。龍嘯快步跟上去，盯著她的背影，果然屁股一扭一扭，手甩得很高。

真是夏微雨！

龍嘯馬上明白了她為啥平時在微信群裡聊得那麼熱鬧，還熱情地邀請大家來新疆玩，當他真的來新疆時，她不僅不回微信，而且還關了手機，玩起失蹤來。他想起自己剛下崗時自卑的樣子，知道她是躲著不想見自己。可是他又為她擔心，於是循著那背影跟過去，看見她進入化驗室。龍嘯在門口等了十幾分鐘，女人沒有出來。他確認她就在化驗室工作。不放心，又在門口尋找化驗室醫生的名字。在資訊欄裡，他看到了夏微雨的名字，是副主任醫師。相片比她年輕時候成熟一些，寬臉，上面沒有刀疤。

龍嘯不知道夏微雨的生活發生了什麼變故，他想敲開化驗室的門徑直走到她面前，又害怕讓她難堪；而不進去吧，又覺得他們這輩子可能再沒有機會見面了。他在門口徘徊著，大約半小時過去，突然化驗室的門一響，有人要出來。

龍嘯害怕出來的是夏微雨，肩膀一縮，快步朝來時的手術室走去。

到了手術室那條走廊，遠遠看到中年女人和年輕夫婦還在，那個中年女人正焦急地把臉湊到門縫上往裡看。忽然門開了，她後退幾步，擔架推出來，幾個人趕忙圍上去。龍嘯也擔心地往過湊。醫生說，再輸幾天液觀察一下。女人不放心地問，好了嗎？醫生說，沒大事，只要不感染很快就好。

女人還是不放心，俯下身子低聲呼喊孩子的名字。孩子沒反應。女人握著他的手，焦急地問，咋還不說話？醫生又好氣又好笑地回答，麻醉還沒過去呢。女人長吁口氣，拍拍胸脯說，嚇死我了。看到龍嘯時，嘴大張著，臉上放著紅光，現出令人難以忘懷的笑容。女人大聲對他說，孩子沒事，現在正在麻醉中，再輸幾天液觀察一下就好。這是龍嘯頭一次見到她笑，幾個小時前那種晦氣和可憐勁兒消失了，變成個快樂的老奶奶，滿臉慈祥。龍嘯也跟著她笑，見到夏微雨後心中留下的難受勁兒慢慢被擠出去些，但還是為夏微雨擔憂，要不是他，她還能在同學微信群裡尋找些虛擬的快樂。就像他小時候在大河邊看到那些白色的水鳥把長長的喙插進水裡，不一定是為了捉魚，也許就是喜歡水。現在他把她驚飛了，失去這個通道，她怎樣排解憂愁孤獨呢？

龍嘯覺得自己站在人家一家人旁邊是個多餘人，但接下來怎麼辦，還是茫然。

出了醫院，空氣中少了福爾馬林的氣味兒，讓他舒服些。龍嘯在醫院門口的報刊亭買了份《新疆晚報》，拐進旁邊的燒烤鋪子，要了羊肉串和啤酒，邊喝邊百無聊賴地搜尋訊息。一篇報導吸引了他，《新疆棉花去哪兒了？——大數據為您揭祕》：「今年新疆棉花面積下降，前期北疆低溫對棉花產量的影響尚待明確，南疆因8月以來陰雨天氣偏多，部分地區反映存在鈴小鈴輕的情況，棉花成熟期較預計大為推遲；此外，由於內地拾花工赴疆數量減少，目前到位情況不佳。9月隨著新疆棉花收購價水漲船高，棉農惜售情緒有增無減……國慶過後，新疆新棉將迎來大規模採摘上市，籽棉收購價能否維持高位，新棉產量到底落在多少，軋花廠是否會形成加工利潤，太多的看點還在後頭。」

棉花面積下降，什麼作物面積提升呢？難道是葵花？在龍嘯心中，棉花和葵花如姐弟一樣。儘管他們那兒從來沒有種過棉花，但棉花帶給他們的溫暖，別的什麼作物也比不上。在寒風呼嘯的冬天，穿上厚厚的棉衣棉褲，無論刮西北風，還是下鵝毛大雪，身上都暖暖的。身體哪個地方要是擦破了，揪塊棉花燒成灰，揞上去血就不流了。而在過去，向日葵是每家每戶的零食鋪子和流動銀行，嘴饞了，炒上幾把瓜子，饞人嗑瓜子，饞狗舔磨子；沒有零花錢了，賣上一袋瓜子。現在人們能吃上各式各樣的零食，反而種向日葵的少了。

龍嘯忽然決定，到南疆去看看，新疆瓜子到底在哪兒。

坐上從烏魯木齊到喀什的火車，龍嘯想像中國內陸第一個經濟特區的樣子。他想現在的喀什，大概和三十年前的深圳差不多，機會應該挺多，說不定能碰到好運氣。

和他坐在一起的是位面孔黧黑長滿皺紋的漢族男人和一對年輕的維吾爾族夫婦。一上車，漢族男人就雙臂抱在胸前閉上眼睛。維吾爾族男人拿出《古蘭經》，女人安靜地盯著窗外，好長時間都一動不動。龍嘯也扭頭看窗外，一排排樹木和房屋倒退著閃向後面，間或出現尖頂的清真寺，劍樣刺向天空。在穿越隧道的瞬間，玻璃暗下來，上面映出女人烏黑的大眼睛，夜一樣深邃。

龍嘯想起去五臺山的路上那種嘈雜、熱鬧、溫馨，但旁邊的小桌板上沒有一堆擦鼻涕的衛生紙，也沒有橘子皮蘋果皮，只有兩個水杯和綠色軟紙封面的《古蘭經》，像素描中的靜物一樣。

咔嗒、咔嗒、咔嗒、咔嗒，火車沉悶地行駛著，那聲音使藍衛孩子的鼻炎和夏微雨的刀疤交替出現在龍嘯腦海，再想到自己下崗，他想人活著為何這樣艱難？

一路上，四個人基本沒有交流。快到喀什時，維吾爾族男人上洗手間。漢族男人睡醒覺了，睜開眼睛低聲問龍嘯，到喀什去幹什麼？龍嘯如實回答，收瓜子。到喀什收棉花的很多，收瓜子的第一次遇見。男人有些驚訝地回答。龍嘯心裡開始發涼，問對方是幹什麼的。對方說是援疆當老師。龍嘯望著那蒼老的面孔，不敢問他多大年紀了，而是說當老師挺辛苦的。對方長長地唉了一聲。旁邊的女人微微動了下身子，戴上黑色的面紗，不知道能不能聽懂他們的話。

臨下車前，援疆老師給龍嘯留了電話，讓他注意安全，不要到太偏僻的地方，盡量住個好點兒的賓館。龍嘯點點頭，表示明白他的意思。對方還是握著他的手不放，滿是關切的眼神。龍嘯有些感動，向對方保證絕對不會和任何人發生爭執。如果有人和他說話，不管懂不懂對方，都要賠著笑臉。問話就更不要說了。男人說，這樣做最好不過，有啥事打電話。

到了喀什，真正有到了異域的感覺，烏魯木齊有，北塔山也有，但都不如喀什感覺明顯。龍嘯覺得很新鮮，有些興奮，但想到傳說和路上援疆老師的叮囑，又不免緊張，便打算趕緊找到種向日葵的，早日收購上返回內地。

龍嘯開始在喀什周邊轉悠，打聽種向日葵的訊息，可是他遇到的人都是收棉花的。他們議論著今年的天氣和棉花的價格。有幾個山東來的，見龍嘯收瓜子，和他們沒什麼競爭，便邀請他一起租車下地頭去。龍嘯正擔心一人下去不安全，馬上答應了。

那幾天，龍嘯看到這輩子最多的棉田和棉花，像天上的雲都被扯下來，鋪在無盡的大山中間。山東人很豪爽，愛喝酒，每次喝酒都吆喝上龍嘯。龍嘯酒量不大，卻痛快，有種捨命陪到底的勇氣。沒幾天，山東人就喜歡上龍嘯，車錢也給他免了，說他一個人，順便捎上就行，而且說這幾天光看棉花了，專門抽一天和他找向日葵。

連續喝了幾天大酒，龍嘯身體吃不住，開始拉肚子。山東人不讓他喝酒了，卻依然帶著他。

有一天，山東人談成一筆很大的買賣，因為興奮，中午幾個人都喝高了，躺在棉田邊上的簡易彩鋼房裡呼呼大睡。

龍嘯為他們高興，一個人卻無聊得緊，不知道什麼時候能找到向日葵，有些發愁。

他踱出彩鋼房，正望著大片的棉田發呆，忽然一個噴嚏驚醒他，在院子裡的樹蔭下，有個維吾爾族男孩用袖子抹了下鼻子，然後埋下頭寫作業。他的父母大概都是種棉花的。

龍嘯帶點兒好奇湊過去。

小孩兒正在寫語文吧？上面的維語他一個字也不認識，於是打開旁邊的五年級數學本。一看大吃一驚，小孩剛做的數學題基本都錯了。龍嘯再往前翻，以前做的作業上面大部分是鮮紅的×號。龍嘯心疼起孩子來，他想起在內地，他所在的那個城市，幾乎每個老師都讓家長檢查孩子做完的作業，還要在上面簽上名字。許多家長為了孩子能考個好成績，不光自己輔導，還給孩子報各式各樣的課外輔導班。

龍嘯指著一道數學題，試著說，這道題做錯了，應該……孩子的眼神突然亮了，在橡皮上吐點兒唾沫，用勁兒擦起來。擦完之後，眼亮晶晶地盯著龍嘯。龍嘯給他認真講解起來。開始，他怕孩子牴觸，或者調皮不想聽，講得有些簡單。沒想到孩子認真極了，眼睛一眨不眨地聽著，聽完了馬上去改正。改完又繼續用期待的目光望著龍嘯。於是龍嘯把所有的錯題都指出來，孩子對他出奇地信任，龍嘯一說錯，馬上就用橡皮擦，把作業本擦得烏七八糟。龍嘯用了半小時的時間，把孩子做錯的題都講了一遍。孩子認真地一一改過，讓龍嘯檢查。龍嘯發現孩子這次都做對了，友好地摸了摸他的腦袋。孩子高興地吐了吐舌頭，拿著作業本跑去讓母親看，等母親看完，又讓父親看。不一會兒，孩子的父母親都過來了，不停地給龍嘯鞠躬，深眼睛裡滿是感激。他們雖然穿著袍子，可上面都是泥巴，臉被太陽晒得黑黑的，皺紋又多又深，手指關節又粗又大，上面是風吹裂的口子。龍嘯忽然覺得他們是如此熟悉，和自己村裡的鄉親們一模一樣。他不好意思起來，趕忙搖頭，自己只是沒事兒花了點兒小力氣。

因為好奇，龍嘯拿起寫有維語的作業本，問兩位家長孩子剛才寫的話是什麼意思。兩個大人的臉瞬間變得通紅，羞愧地搖頭說，他們不認識字。龍嘯從來沒有想到他們連維語也不認識，很是驚訝。

過了一會兒，孩子母親叫過一個年輕小夥子。他捧著作業本，努力端詳半天，結結巴巴把它翻譯成漢語。龍嘯覺得不大可靠，可是不敢再多問，怕他們難堪。

男人卻問龍嘯是不是老師。龍嘯搖搖頭，指著幾個山東人說，和他們一樣，收糧的。只是他們收棉花，我收瓜子。

瓜子?他說完後，男人略微有些失望，但很快眼睛亮起來。

他和老婆用維語交談幾句，便發動摩托。女人說，你跟著他去看看。

龍嘯坐在維吾爾族男人的摩托上，想自己來了新疆總是坐摩托，只是這次的摩托更結實些，是嘉陵125，但走起來減震器仍嘎嘣嘎嘣響。大概走了二十來分鐘，拐過幾個山包之後，忽然在河灘裡看到向日葵。景象非常壯觀，也許是龍嘯渴望這種壯觀太久了，眼睛竟有些溼潤。只見一棵一棵向日葵緊密地排列著，花瓣與盛開時的那種金黃色的美麗不一樣，它們顏色發褐，有的變黑了，一縷一縷地下垂，配上沉甸甸的瓜子盤子，給人一種成熟、莊嚴的美，像數不清的燃燒著的太陽。葵花稈筆直地挺立著，一直延伸到遠處的山腳下，好像正在等待著他的檢閱。龍嘯有些激動，心猛地跳起來，像小時候釣到大魚的感覺。他讓維吾爾族男人繼續往前駛。到了河灘邊，他迫不及待地跑向向日葵。長得真好啊，每一個盤子都顆粒飽滿，色澤沉穩。他剝出幾粒瓜子，比他一個手指關節都長，扔到嘴裡，一股淡淡的甜味兒瀰漫出來。咬下去，有種植物種子特有的清香，讓人心裡一陣踏實。龍嘯想起在北塔山看到的那個合約，向日葵每個盤子的籽粒數、大小、色澤都能達到那個要求。他手放在胸口，害怕心臟跳出來，問旁邊的新疆男人，這些瓜子有沒有賣出去?應該沒有吧，沒聽說他們賣過，這幾天都是收棉花的。

我們這兒的瓜子通常收回去，等到晾乾，冬天才賣。龍嘯長吁一口氣，不敢相信自己的好運氣。沒想到喀什的瓜子還是這樣賣，與他們那兒很多年前一樣。

男人咕噥了個維吾爾族人的名字，載著龍嘯沿著葵花地緩緩走了一會兒，又發動油門。

那天下午，男人一口氣帶著龍嘯看了五六塊向日葵地。

傍晚時他們回去，幾個山東人酒醒了，正在喝茶。維吾爾族男人留他們吃飯，說是把種向日葵的幾個人叫來，讓龍嘯和他們談談。

過了一會兒，摩托轟鳴著相繼來了七八位維吾爾族人，他們是那些向日葵地的主人。龍嘯與他們邊吃飯邊聊，很快達成意向，他們願意把瓜子賣給龍嘯。主人讓龍嘯留下，明天好好看貨，談價錢。山東人接下來要僱人來這裡摘棉花，先回去了。龍嘯沒有想到自己居然獨自住在維吾爾族人家裡，他讓小孩找出三年級數學課本，從頭給孩子講起來。

第二天，龍嘯一早起來與那些人去地裡看瓜子，他怕夜長夢多。看一塊，定一塊，龍嘯出的價錢好。他不想做一錘子買賣，今年這筆買賣做好了，明年、後年，以後可以繼續做這裡的買賣。那些人也盤算了，龍嘯給他們的價錢算下來，比他們把瓜子弄回去晾乾再賣，每畝地差不多能多賺五十塊，還省心省工夫，都覺得挺划算。

那些天，這裡熱鬧極了。山東人雇上人摘棉花，龍嘯雇上人收瓜子，到處忙得熱火朝天。但不管多累，龍嘯每天堅持給孩子補一小時數學。

六七塊地的瓜子收完之後，一個傳一個，又有更遠處的維吾爾族人聽到龍嘯收瓜子，價錢出得蠻高，也要賣給他。

於是龍嘯要從這兒倒到另一個地方去。告別的時候，維吾爾族孩子的數學補到了四年級下學期，家長對他千恩萬謝，實在是捨不得讓他走。龍嘯擔心自己離開後，孩子剩下的課程跟不上來。他想到在火車上遇到的在喀什援疆的那位老師，便試著給他打電話。他代課的地方居然就在離這裡不太遠的縣裡，可以讓那家人帶著孩子去找他，而且他國慶節不計劃回內地，可以給孩子集中補習幾天。龍嘯把這個消息告訴孩子的家長，維吾爾族人沒有想到有這樣的好事，拉住龍嘯的手久久不放，激動得說不出話來，只是讓妻子往龍嘯包裡放石榴、葡萄乾、無花果、巴旦木仁、核桃等土特產，把挺大的包弄得鼓鼓囊囊。龍嘯背上後，感覺自己像進沙漠前吃飽喝好還帶足東西的駱駝，有種從來沒有過的踏實感。

不到一個月時間，龍嘯了解到維吾爾族人的教義提倡誠實和謙虛，說話要低聲，待人要和顏悅色，切忌粗暴，不能對人譏諷、攻擊、以諢名相稱、以惡語誹謗。與他來之前想像的根本不一樣。他想到在老家，人們還經常稱呼對方的諢名。自己下崗後，動不動就發脾氣，譏諷家裡人。這些維吾爾族人是真的信仰真主阿拉，特別虔誠。他們的日常儀式雖然繁瑣，但熟悉了覺得有種儀式的美感，他漸漸喜歡上這種自律的生活。

孩子的父親對龍嘯說，他明年也要種些向日葵，甚至懇求龍嘯現在就和他們簽訂下明年的合約。龍嘯想到北塔山的那份合約，搖搖頭，保證說他明年一定來。維吾爾族男人說，你放心來吧，我們答應賣給你的，一定賣給你，維吾爾族人說話一言九鼎。

龍嘯與他們約好明年這時再見。

6

龍嘯回到烏魯木齊後，感覺這次喀什之行收穫太大了。

他想把收穫告訴藍衛，在撥電話的一瞬間，他想起藍衛孩子的鼻炎。龍嘯跑到烏魯木齊最大的新華書店尋找懷特的書，想看看懷特到底怎樣。龍嘯把懷特的書都買下，抱到賓館一本本翻著，在一本黑色封面的《人各有異》裡，尋到一篇叫《夏日鼻炎》的文章，果然如藍衛說的那樣。龍嘯有些絕望，但他不死心，把文章再一次打開，希望能發現些不一樣的訊息。突然他看到在文章的結尾寫著：「1937年8月。」龍嘯一陣狂喜，不放心，又仔細看了一次，果然是1937年8月。他還是不放心，認真查了一遍，文章中提到的國務卿韋伯斯特正是菲爾莫爾總統時期的國務卿，1937年。他懷著激動的心情給藍衛打電話，電話一打通，龍嘯就說，我看到你說的那篇懷特的文章了，是1937年寫的。七八十年過去了，那時的許多不治之症現在早有了對症良藥，你好好帶著孩子去治療吧！藍衛一下沒有反應過來他說什麼，龍嘯又重複一遍。藍衛說，真的？我去查查書。

過了一會兒，藍衛打來電話，龍嘯，你說的是真的，果然是1937年發生的事情，不是你，我們已經失去信心了……藍衛掛了電話好長時間，龍嘯還沉浸在小小的激動中。

他想該幹點兒什麼，打發起飛前的十幾個小時。走到街上，馬上意識到這是座陌生的城市，想好好喝一頓，一個人又沒意思。龍嘯順著馬路牙子胡亂走，直到看到個整形醫院，才明白自己放心不下夏微雨。他便打算去看看夏微雨，可買什麼禮物好呢？他回憶這些年來別人送過他的禮物，馬上想起一對瓷做的小狗，那是他過18歲生日的時候，夏微雨送給他的。風格極簡單，整個瓷狗釉面是白色的，臉上只有兩隻烏黑的眼睛，旁邊是幾道藍色的點綴，但一點兒也不單調，反而十分可愛。後來他有了孩子，搬了幾次家，不小心打碎一隻，另一隻一直保存著。

想到這裡，龍嘯給家裡打電話，讓妻子把那隻瓷狗拍張照片給他發過來。妻子問他吃飯了沒有？他說有時差。端詳著可愛的小狗，他想像見夏微雨的情形。突然秋田犬冒進龍嘯的腦海，在哪部電影裡看到的忘記了，那位男主角是教授，養了只秋田犬，每天早上將教授送到車站，傍晚等待教授一起回家。不幸的是，教授因病辭世，再也沒有回到車站。秋田犬依然每天按時在車站等待，一連等了九年，直到死去。龍嘯想送給夏微雨一隻秋田犬，可是他不知道烏魯木齊哪裡賣這種犬，不知道夏微雨家裡能不能養犬。想了半天，打算先送她一對工藝品，了解情況後，再送她真正的秋田犬。

龍嘯打車去了最近的生活館，在擺瓷器的地方看到兩隻小狗，黃白相間的光潔釉面，五官栩栩如生，一隻繫著紅色的領結，一隻繫著黑色的，非常漂亮，而且都胖嘟嘟的，像富人們家裡養的寵物犬。龍嘯心裡不大滿意，問有沒有其他的，店員回答沒有。龍嘯害怕耽誤太多時間，只好選了一隻，但心裡很不滿意。

去往醫院的途中，龍嘯看到有個門市上寫著「因店面搬遷，瓷器大促銷」，他心裡一動，呼喊司機停車。在櫃檯的角落裡，龍嘯尋到一對小狗，簡單的白色釉面，身子瘦瘦的，烏黑的眼睛盯著他，彷彿祈求他把牠們帶走。龍嘯想，就是牠們了，讓老闆把牠們擦乾淨，包好。

來到醫院化驗室門口，龍嘯看了看資訊欄，夏微雨的相片還在，只是過了幾天時間，彷彿蒼老了，變得有些不像她。龍嘯在門對面的椅子上坐下，忐忑地等待著。

等了好久，沒有人出來。龍嘯站起來想去敲門，突然有人低著頭出來，整齊的黑髮下，頭髮根子全白了。

夏微雨！龍嘯喊。

女人的臉慢慢揚起來。那一刻，龍嘯像在天安門看升旗，旗手把手甩開，紅旗打開的樣子。四十歲，一腳跨過二十多年。

夏微雨沒有再躲，答應下班後與龍嘯一起坐坐。

龍嘯提前趕到夏微雨訂下的清真餐館，在等待夏微雨的時候，翻出手機裡保存的瓷狗照片。時光褪盡小狗身上炫目的亮光，眼睛卻依然那麼亮，炯炯有神地盯著前方。龍嘯不知道當初夏微雨為什麼送他一對小狗，想起打碎的另一隻有些惋惜。

服務員過來問，點不點菜？龍嘯抬起頭，猛地發現飯店門楣上掛著一塊鏡子，裡面竟壓著一張完整的狐狸皮。他往前走了幾步，看清是一張灰色的狐狸皮，靠近脖子的地方有個洞，旁邊的毛依稀發紅。他彷彿看見子彈從這裡射進狐狸身體。服務員見他盯著狐狸皮發呆，問道，先生對這個感興趣嗎？許多客人喜歡我們這隻狐狸。龍嘯問，多少錢？服務員說，這個不賣。龍嘯說，問問你們老闆，價錢可以商量。

夏微雨到了飯店，看見龍嘯身邊擺著嵌有狐狸皮的鏡子，下意識地瞧了瞧門楣上，有些吃驚。

龍嘯不等夏微雨發話，問道，你去過咱們那兒的五臺山嗎？五臺山上有許多狐狸，灰色的、黑色的、白色的、黃色的……牠們全被圈在籠子裡，充滿絕望，等著人們買去放生。

夏微雨說，人們買去放生不是滋長他們販賣嗎？

龍嘯點點頭問，假如沒人買，這些狐狸最後會不會被剝了皮賣掉？

夏微雨沉默許久，招呼服務員點菜。

龍嘯說，其實放生的我見過一隻，毛色發亮，關鍵是很快樂。

快樂？你見過一隻狐狸快樂？夏微雨發笑。

龍嘯鄭重其事地點點頭。

上菜的時候，龍嘯打開手機，讓夏微雨看裡面那隻小狗。夏微雨說，真萌呀！龍嘯說，我18歲生日收到的禮物。

誰送的？夏微雨問。龍嘯沒有想到夏微雨根本沒有印象，很是遺憾，想說你送的，臨到嘴頭卻說，咱們的一位同學。夏微雨繼續問，誰呀？龍嘯搖搖頭說，時間太久，忘記了。以前每過一次生日都要收到好多禮物，除了賀卡，留下來的竟然只剩下這隻小狗了。他傷感起來，感覺許多珍貴的東西在歲月裡丟失了。夏微雨說，我搬了幾次家，一樣也沒留下。

從見夏微雨的第一面起，龍嘯就想過問一下她臉上的傷疤和她家庭的事情，又怕引起她難受。現在再不問恐怕就沒機會了，可他還是不敢問，怕把這難得的一次見面破壞掉。

他從包裡取出剛才買的三隻小狗，一字擺開，說二十多年沒見面了，本來想送你點兒貴重的禮物，可是……龍嘯頓了頓，用低沉的語調說，去年我下崗了，發現自己什麼也不會做，就跟上老爸收瓜子，這次來新疆就是收瓜子。這時，他的感覺來了，他想與生活不幸的人在一起，只有說痛苦的事才容易引起共鳴，讓對方放鬆，此時只有把自己說得越可憐，越不堪，才能使這次見面自然起來。

龍嘯便任意誇大自己的不幸，說起下崗後的窘迫，說起老婆對他的不理解，說起身體像失控的機器，到處出毛病。

而且他說起難受的日子時真正進了戲，主動拿起酒杯喝起來。喝上酒之後，藍衛兒子的鼻炎、北塔山種向日葵的農民、吞釘子的孩子許多事情湧上來，龍嘯把它們添油加醋，通通放到自己頭上，到後來連自己也不知道到底哪些是真的，哪些是假的。他只是不住地喝酒。

中間，夏微雨幾次想阻止龍嘯，大概也想採取龍嘯的策略，講講自己的故事，來緩解龍嘯的痛苦。或者龍嘯的話像引子一樣勾起了她的傷心往事。

她指著自己的臉說，2009年7月5日，那天休假，我們出去給孩子買跳舞的白網鞋……

可是龍嘯馬上打斷夏微雨的話。此前，他多想知道她究竟發生了什麼事情，就在吃飯時還擔心再不問就沒機會了，現在他卻不想知道夏微雨的祕密了，有些東西，藏在一個人心底比較好。就像他沒來新疆之前，夏微雨在同學群裡那麼活躍，後來乾脆消失。龍嘯害怕了解夏微雨的情況後，更意想不到的事情會發生。

每次夏微雨冒起話頭來，龍嘯就一次次打斷。夏微雨沒辦法，只好陪著他喝酒。

夏微雨喝了酒，在燈光下整個臉紅彤彤的，有點兒腫脹，左邊臉上的那道疤好像縮小了，依稀恢復了幾分往日的模樣。

忽然手機響起來，是父親打來的。龍嘯說對不起，跑到旁邊去接電話。父親說，安徽廠子裡瓜子的收購價降了，前面那些車皮好好的，最後這幾車卻突然降價了……

龍嘯接完電話心裡沉甸甸的，充滿希望的明年頓時變得有了問號。回到座位上，夏微雨關心地問他，沒事兒吧？龍嘯看到夏微雨臉上漸漸露出來的陽光，甩甩腦袋說沒事，剛才說到哪裡了？他開始重複起自己剛下崗時的日子。有了剛才那個電話，他又不想讓夏微雨擔憂，再次說到那些不幸的遭遇時，腦子突然靈光起來，覺得所有的難題都有無數種解決辦法，以前是自己閉著眼睛硬往一條道路上走。他忘記要引起夏微雨共鳴的初衷，把每一件事情說到最後都向好的一面轉變。夏微雨聽得目瞪口呆，臉上的光卻越來越多，眼睛也越來越亮。龍嘯不知道自己居然是個天才，談著，竟然把下一步的路和明年的對策都想好了。這時他覺得，人只有有信心才會有勇氣，有勇氣才會有智慧，青蛙真的能變成白馬王子，灰姑娘也能變成美麗的公主。

後來，龍嘯指著桌子上的三隻狗和那個鑲嵌狐狸皮的鏡子說，這些都送給你，希望你明年暑假能帶孩子回老家看看，去五臺山轉轉。我在五臺山的西臺上真的見過一隻狐狸，黃身子，黑尾巴，白尾巴尖，漂亮極了，和那些圈在籠子裡的完全不一樣。龍嘯酒喝得多，說起車軲轆話，控制不住自己了。

夏微雨認真地點著頭，答應明年暑假一定帶上孩子回去看看。她說多年沒回去了，總怕老人們問起，其實早該回去了。

夏微雨招呼服務員上盤哈密瓜。瓜上來後，她用牙籤挑起一塊遞給龍嘯，告訴他說，在新疆其實很難吃到真正的哈密瓜，真正的哈密瓜產自哈密，快成熟時就被特殊顧客訂好了。龍嘯重重咬了一口，像蜜直接灑在心尖上。夏微雨說，這種瓜也不能多吃，吃多了爛嘴角，糖分太高。不過連吃幾天還是沒問題。龍嘯一愣，直接用手抓起一塊來。

吃完瓜之後，龍嘯手上滿是汁液，手指黏在一起變得鴨蹼一樣。夏微雨扶他去了洗手間，給他打上洗手液，擰開水龍頭。水嘩嘩流出來的時候，兩人都哭了。

第二天，龍嘯醒來之後，一陣眩暈。打開手機，同學微信群裡有幾百條未讀訊息。點開之後，是夏微雨談她明年暑假帶孩子回老家玩的事。同學們紛紛表示歡迎，給她出主意去什麼地方玩，還發了許多歡迎的紅包。最晚的一個居然是凌晨一時零八分……

陽光能夠照到的明亮地方

——楊遙和他的《流年》

那次在五臺，或許因為是東道，儘管山路崎嶇，時晴時雨，楊遙始終保持興致，看到什麼，就隨口講個故事。有時候聽的人不耐，楊遙便停住，羞怯地笑笑，不語。不知是因為小說寫作經常被打斷，養成了獨特的習慣，還是楊遙始終有好的耐心——等聽的人回過味來，問起故事的後續，楊遙就又慢條斯理地講下去，彷彿不曾有過中斷。從那時候開始，我差不多就單方面認定，在這個訊息和意義過剩的時代，楊遙是罕見的講故事的人。

班雅明曾談到過講故事的人和小說寫作者的區別：「講故事的人取材於自己親歷或道聽途說的經驗，然後把這種經驗轉化為聽故事人的經驗。小說家則閉門獨處，小說誕生於離群索居的個人。此人已不能透過列舉自身最深切的關懷來表達自己，他缺乏指教，對人亦無以教誨。寫小說意味著在人生的呈現中把不可言詮和交流之事推向極致。囿於生活之繁複豐盈而又要呈現這豐盈，小說顯示了生命深刻的困惑。」楊遙並非沒有生命的困惑，只是或許，他秉有的天賦和他自身的際遇，讓他更關心如何把困惑在故事裡展開，「保持並凝聚其活力，時過境遷仍能發揮其潛力」。

從五臺山來到雁門關，楊遙就講起了他的雁門關故事。

他曾很長一段時間借調在離雁門關幾十公里的地方工作，朋友來了，他便租上一輛車，到關裡轉轉。幾年下來，他去了數十次雁門關，卻沒有一次帶上很想去一趟的家人。有一回，明明車上還有空位，他卻讓家人不要跟上，以後有時間再說。看到家人失望的笑容，他說，覺得自己真是過分。後來，楊遙說，他終於帶家人去了次雁門關。耐心、細緻，看起來憨厚，卻又眼觀六路，體貼著每個人可能的委屈——這差不多也是楊遙和楊遙作品最顯著的特點。

《單人床》，三人相約吃飯。「李小平說：『我家附近新開張了一家大連海鮮館，聽說味道不錯。咱們去那兒吧？』陳多寧瞧了瞧李小平身邊的高麗，覺得她今天應該是主角。高麗說：『行啊，吃啥都行。』」儘管陳多寧是跟李小平更熟的朋友，但他把決定的機會讓給了高麗。看起來不起眼的一件件小事，逐漸地累積起來，也就成了一種對人的顯著體諒。《遍地陽光》，龍嘯認出了自己年輕時的戀人夏微雨，卻發現她臉上多了一道傷疤，「龍嘯不知道夏微雨的生活發生了什麼變故，他想敲開化驗室的門徑直走到她面前，又害怕讓她難堪；而不進去吧，又覺得他們這輩子可能再沒有機會見面了。他在門口徘徊著，大約半小時過去，突然化驗室的門一響，有人要出來。龍嘯害怕出來的是夏微雨，肩膀一縮，快步朝來時的手術室走去」。

「口口相傳的經驗是所有講故事者都從中汲取靈感的源泉。」對人的關心和體貼，對生活中小小善意的發現，對艱難的體會和周旋，本來就是人世口口相傳的經驗，沒錯吧？

楊遙寫的，不就是那些置身在世界的艱難裡，自己卻從不失去耐心的人嗎？他們當然有自己的困窘和限制、委屈和無奈，也有失控的時刻、不由自主的瞬間，但最終，他們沒有對世界的頑固和不善報以顢頇和惡意，而是試著用自己深藏內心的善好與這個世界相處，也在其中慢慢生成自己的樣子——某種好人的樣子。

講故事的人最容易遭到的誤解是，他們不過傳承已有智慧，並沒有自己的發現。說得明確一點，小說詢問意義，是對未知的探究，而講故事的人給出的是經驗，是教誨——「趨向於實用的興趣是許多天生講故事者的特點……講故事者是一個對讀者有所指教的人。如果『有所指教』今天聽起來陳腐背時，那是因為經驗的可交流性每況愈下，結果是我們對己對人都無可奉告。」也就是說，儘管有傳承而來的教誨，而為了經驗的可交流性，講故事者的每一次講述，都要有對人世的新發現。

「李山重新打量這個棚子，除了自行車和人們帶來的衣服、游泳用的玩意兒，其他的一切都是破破爛爛的。李山想，把這些東西扔到破爛堆上，也沒有一個人撿，可是擺到這兒，哪一樣都能派上用場。」（《水到底有多深》）沒錯，這意思就是人無棄人，物無棄物，而時空卻是現代的一個臨時裸泳場所。「龍嘯不等夏微雨發話，問道，你去過咱們那兒的五臺山嗎？五臺山上有許多狐狸……牠們全被圈在籠子裡，充滿絕望，等著人們買去放生。夏微雨說，人們買去放生不是滋長他們販賣嗎？」（《遍地陽光》）未經反思的善意經不起追問，看起來明確的善，卻可能恰恰助長了惡。如此明確的經驗傳遞，我覺得對寫作的正面意義，並不亞於對人心某一劣處的發現，甚至有過之而無不及。

這些善好的經驗，雖然並不期待，卻會不經意間帶給人某種明亮的報償。而這，也正是楊遙寫作特別令人振奮的地方。《薩達姆被抓住了嗎》：「一段時間過去，王一清覺得自己以前根本沒有理解跑步的意義，只是和單位的人們賭氣。他照著書上講的那些，調節呼吸、步子、姿勢，還買了專門的跑鞋，跑步變得越來越輕鬆，越來越舒服。」《遍地太陽》：「有了剛才那個電話，他又不想讓夏微雨擔憂，再次說到那些不幸的遭遇時，腦子突然靈光起來，覺得所有的難題都有無數種解決辦法，以前是自己閉著眼睛硬往一條道路上走。他忘記要引起夏微雨共鳴的初衷，把每一件事情說到最後都向好的一面轉變。夏微雨聽得目瞪口呆，臉上的光卻越來越多，眼睛也越來越亮。龍嘯不知道自己居然是個天才，談著，竟然把下一步的路和明年的對策都想好了。」

對，就是這樣，走過了思維、認知和情感的轉角，人生的實際盲點，差不多也就有了過去的可能。就像《流年》中的凌雲飛，漸漸認知到了酗酒和偷盜的壞處，「上下班喜歡走在陽光能夠照到的明亮地方，以前從來沒有注意到這兒能使他感到溫暖和愉快。這時他發覺建築的陰影和樓群的縫隙裡，到處是垃圾和糞便，臭味撲鼻。而他走過的這些地方，烤蕃薯又香又糯；煎得黃黃的、熱熱的餅子散發著香味兒；散發傳單的大學生圍著長長的圍巾，眼睛又黑又亮，臉上散發著純潔的笑容；賣菜的老太太把各種蔬菜洗得乾乾淨淨，每樣植物身上散發著柔和的亮光……」眼光變了，世界也就變了，而那個耐心的講故事的人，也即將為自己的耐心得到報償。

「在講故事的人的形象中，正直的人遇見他自己。」楊遙應該確信，這或許就是講故事的人該領受的最好的經驗和教誨。

黃德海

261

電子書購買　　爽讀 APP

國家圖書館出版品預行編目資料

流年：在城市中掙扎沉浮，體會著痛苦與孤獨 / 楊遙 著 . -- 第一版 . -- 臺北市：崧燁文化事業有限公司 , 2023.11
面；　公分
POD 版
ISBN 978-626-357-776-3(平裝)
857.63　　112016879

流年：在城市中掙扎沉浮，體會著痛苦與孤獨

臉書

作　　者：楊遙
發 行 人：黃振庭
出 版 者：崧燁文化事業有限公司
發 行 者：崧燁文化事業有限公司
E-mail：sonbookservice@gmail.com
粉 絲 頁：https://www.facebook.com/sonbookss/
網　　址：https://sonbook.net/
地　　址：台北市中正區重慶南路一段六十一號八樓 815 室
Rm. 815, 8F., No.61, Sec. 1, Chongqing S. Rd., Zhongzheng Dist., Taipei City 100, Taiwan
電　　話：(02) 2370-3310　　**傳　　真**：(02) 2388-1990
印　　刷：京峯數位服務有限公司
律師顧問：廣華律師事務所 張珮琦律師

定　　價：350 元
發行日期：2023 年 11 月第一版
◎本書以 POD 印製
Design Assets from Freepik.com